Chimären

Von Ute-Marion Wilkesmann

Chimären

Was Menschen bisher nicht wussten

Von Ute-Marion Wilkesmann

Bibliografische Information der Deutschen Nationalbibliothek:
Die Deutsche Nationalbibliothek verzeichnet diese
Publikation in der Deutschen Nationalbibliografie;
detaillierte bibliografische Daten sind im Internet über
dnb.dnb.de abrufbar.

Herstellung und Verlag:
BoD – Books on Demand, Norderstedt

ISBN: 978-3-75-261278-3

Inhaltsverzeichnis

Prolog

Es gibt Wörter, die mich faszinieren und deren Bedeutung ich mir nur mit Mühe einprägen kann. So zum Beispiel das Wort Chimäre. Es klingt wunderschön, es klingelt am Ohr. Warum aber entfällt mir immer wieder, was eine Chimäre ist?

Es gibt andere Wörter, die auch lange daran gearbeitet haben, bis sie mein Bewusstsein erreichten. Da ist beispielsweise die Logistik.[1] Ein ähnlich schwieriges Wort für mich war, als zweites Beispiel, die Inklusion.[2] Und gerade auch die Chimären[3] waren immer flauschige Watte in meinem Gehirn. Dabei gibt es für alle drei sachliche Hintergründe.

Es ist an der Zeit, zum Thema zurückzukommen: Warum habe ich die Chimären zum Gegenstand dieses Buches gewählt, nicht aber Logistik oder Inklusion? Der Grund ist simpel: Die beiden Wörter rufen bei mir keine fantasievollen Folgegedanken hervor. Die Logistik ist mir zu trocken, und die Inklusion ist wegen der politischen Korrektheit mit Samtpfoten zu behandeln, so dass ich mich auf ein heikles Pflaster begäbe, schriebe ich nur einen ‚falschen' Satz dazu. Chimäre hat schon allein als Wort etwas Geheimnisvolles, was sicher mit daran liegt, dass es nicht

---

[1]Meine Gedanken zu meiner Erkenntnisentwicklung von Logistik stehen im Nachwort.
[2]Mein Erkenntnisweg zur Inklusion findet sich ebenfalls im Nachwort.
[3]Siehe Nachwort. In einem Prolog halten diese Ausführungen den Leser davon ab zu lesen, was er wirklich lesen will. Das sollte nicht sein!

normal in unseren Alltag eingegangen ist, wie dies für die Logistik oder zunehmend die Inklusion gilt.

Wenn ich mich mehrere Stunden mit diesem Begriff auseinandersetze, besteht die Hoffnung, dass ich die Bedeutung des Wortes ‚Chimäre' endlich für alle Zeiten in meinem Gehirn verankert habe. Schreibe ich daher das Buch nur, um einen Hafen für ein herrenlos treibendes Wort zu finden? Nein, so ist es nicht. In Folgetexten wird der Begriff Chimäre durchaus seinen Platz einnehmen. Das heißt, ich spiele so lange mit dem Wort, bis es endgültig vorbei ist mit meiner Halbherzigkeit beim Abruf der Wortbedeutung!

Chimäre im Wald

Was mache ich, wenn ich im Wald einer Chimäre begegne? Diese Frage habe ich mir oft gestellt. Während ich dies schreibe, denke ich wieder darüber nach und stelle fest, dass ich erst einmal eine andere Frage klären muss: Warum gehe ich davon aus, dass ich diese Wesen im Wald treffe und nicht an einer anderen Stelle? So ein Halbmensch-Halbtier könnte an der Ampel neben mir stehen, mit einer Sammelbüchse in der Hand bei mir anklingeln oder ein Paket ausliefern. Warum erwarte ich nicht, dass an der Käsetheke im Supermarkt vor Ort eine freundliche Chimäre den jungen Gouda passend abschneidet? Die letzte Frage ließe sich noch einfach beantworten: Ich weiß es nicht mit Sicherheit, solange ich nicht hinter die Theke gehe. Schließlich ist eine Chimäre vom Oberkörper her ein Mensch, man denke da an die Sphinx. So ein Gouda schmeckt sicherlich besser, wenn er von einer Sphinx abgeschnitten und in Papier gewickelt würde. Ich setze einmal voraus, dass die Chimären heutzutage ihre Frisur dem modernen Geschmack anpassen.

Damit komme ich zur nächsten Frage: Wie würde eine Sphinx heute aussehen? Hätte sie eine Föhnfrisur oder schulterlange Haare? Wie wäre ihr Geschmack in Sachen Kleidung? Würde sie, eine entsprechende Sehunschärfe vorausgesetzt, eine Brille oder Kontaktlinsen tragen?

Zurück zum Wald. Alles Unheimliche und Geheimnisvolle finden wir im Wald. So und nicht anders kenne ich das aus Märchen. Moderne Horrorgeschichten verstecken die Schreckensgestalten in meiner Toilette, in der Nachbarschaft oder in mir selbst. Eine Chimäre ist aber nicht so ein dahergelaufener Jack the Ripper oder Edgar mit den Scherenhänden, sie ist klassischer und gehört deshalb in einen klassischen Hintergrund. Das wären Kathedralen oder Wälder. Da ich Kathedralen praktisch nie besuche, bleiben die Wälder.

Ja, ich habe mich selbst überzeugt: Ich darf die Frage stellen: Was mache ich, wenn ich im Wald einer Chimäre begegne?

Es gibt fünf Möglichkeiten:

1. ich laufe weg;
2. ich ignoriere sie;
3. ich sage freundlich „Hallo, schönes Wetter heute!" (wenn das Wetter unwirtlich ist, gehe ich nicht in den Wald);
4. ich starre sie wortlos an und bleibe stehen, bis sie verschwunden ist;
5. ich packe einen lose herumliegenden Ast oder meinen Rucksack und schlage auf sie ein.

Welche dieser fünf Möglichkeiten ich wähle, hängt von der Kreatur ab, die mir begegnet. Da ich nicht zur spontanen Aggressivität neige, schließe ich die Möglichkeit 5 aus. Auch der Gedanke, sie wortlos anzustarren, erscheint mir unhöflich, es entfällt somit Möglichkeit 4. Zu 1. Weglaufen' könnte es kommen, wenn die Chimäre furchteinflößend ist. Wobei mir das vermutlich nicht sehr viel nützen würde, ich bin keine gute Läuferin. Ich bin eher so der Mensch, der sich auf Ausdauer konditioniert. Das heißt, ich könnte von der Chimäre wegspazieren, stundenlang, ohne dass ich ermüde, aber wenn sie sich nicht meinem Tempo anpasst, würde sie mich unweigerlich einholen. So wie ich mich einschätze, würde ich vermutlich wie in der zweiten Möglichkeit das Wesen ignorieren, um ihm nicht das Gefühl zu geben, es sei anders als ich. Was weiß denn ich, unter wie vielen Komplexen eine Chimäre leidet? Ich möchte diese Komplexe, falls sie welche hat, nicht verstärken. Die ideale Lösung wäre die des freundlichen Grußes aus (Nummer 2). Ich weiß nicht, ob ich den Mut dazu hätte, ich zähle mich eher zu den zurückhaltenden Menschen.

Aber noch findet es alles in meiner Vorstellung statt, daher entscheide ich mir für das freundliche Hallo. Wenn ich Glück habe, zerreißt mich das unbekannte Wesen dann nicht vor Wut, sondern antwortet genauso wohlmeinend.

Die Gedanken sind frei, und so darf ich mein erstes Zusammentreffen mit der Chimäre nun nach Wunsch gestalten, nachdem ich die auftauchenden Fragen alle ausführlich beantwortet habe:

Während ich durch ein kleines Waldstück spaziere, trage ich das Smartphone in der Hand, weil ich Pokémon Go spiele. Plötzlich raschelt es vor mir, ich schaue hoch und sehe mich einem Wesen in einem hellblauen Hemd und einer kanariengelben Hose gegenüber. Das hellblaue Hemd ist so weit geöffnet, dass ich eine gut aufgebaute Muskulatur erkenne. Aha, ein Mann. Der Haarschnitt allein hätte mir das nicht verraten, denn er ist undefinierbar unisex. Mittellang fallen die Haare über die Ohren, leicht gelockt, straßenköterblond. Der Gesichtsausdruck ist müde, angestrengt und gleichzeitig gelangweilt. Das Alter kann ich schlecht schätzen, es dürfte irgendwo zwischen vierzig und vierhundert Jahren liegen. So weit ist der Mann keine besonders auffallende Erscheinung, aber wenn ich auf die Füße blicke, erkenne ich, um was es sich hier handelt: Aus den gelben Hosenbeinen schauen zwei Hufe hervor, die oben und von hinten leicht behaart sind. Außerdem sehe ich zwischen den breit aufgestellten Beinen hindurch, senkrecht sich leicht im Wind bewegend, einen felligen Schwanz mit kleinem Schweif am Ende. Ziegenfüße, Löwenschwanz: Bei der Gestalt vor mir kann es sich nur um eine Chimäre mit menschlichem Oberkörper und, soweit ersichtlich, einem zweitierigen Unterteil handeln. Faszinierend.

Ich habe mich auf diesen Tag vorbereitet und meinen Text einstudiert: „Hallo, schönes Wetter heute!"

„Hallo. Ja, das Wetter ist angenehm. Der Waldboden ist griffig und angenehm kühl, ohne dass man Lehmklumpen aufwirft."

Ich überlege, ob ich den Herrn darüber aufklären soll, dass er seine „man"-Formulierung besser durch eine persönliche Färbung ersetzen sollte, beispielsweise: „Der Waldboden ist griffig und angenehm kühl, ohne dass meine Hufe Lehmklumpen aufwerfen." Ich entscheide mich dagegen, weil ich Fremde ungern direkt naseweis mit Ratschlägen überhäufe. Leider habe ich mich nicht weiter auf das Gespräch vorbereitet, wie dumm von mir. Hinterher fallen einem immer die besten Sätze ein. Ich hätte so gescheite Sachen sagen können wie: „Sind wir uns nicht schon einmal begegnet?", „Nett, Sie hier zu treffen, ich bin Ute, und wie heißen Sie?", „Darf ich Sie/dich auf einen Kaffee einladen?". Nichts dergleichen fällt mir ein, ich nicke daher freundlich. „Ja, dann einen schönen Tag noch." Der Ziegen-Löwen-Menschmann scheint ein wenig enttäuscht. Mist, ich habe das Treffen versemmelt!

„Ja, danke gleichfalls."

Und das war's. Wie wenig aufregend! Keine Abenteuer habe ich angestoßen, schon gar keine Romanze, ich habe ihn ziehen lassen. Und wer weiß, ob ich jemals wieder eine solche Chance bekomme.

Daher mein Rat an alle Leser und Leserinnen jedweden Alters: Bereitet euch besser als ich auf den Tag vor, an dem ihr vielleicht eine Chimäre trefft!

Die Verwandlung

Es war Lothar Aalhausens erste Stelle als Referendar. Seine Mentorin hatte ihm die Oberstufenklasse Zwölf (damals gab es noch Klassenverbände) für die gesamte Lektüre der Verwandlung von Franz Kafka anvertraut. Ohne Zweifel war dies ein eindrückliches Werk!

Es muss einer der letzten Jahrgänge gewesen sein, wo es noch reine Mädchen- und Jungenschulen gab. Aalhausen stand daher neunzehn jungen Damen gegenüber, manche waren jünger als ihre Jahre, manche deutlich reifer, und manche entsprachen ihrer Entwicklungsstufe. Seine Mentorin hatte ihn nicht vor Schwärmereien gewarnt. Ein Blick auf ihn und ihr war klar: Sie selbst fand ihn nett und sympathisch, aber das sahen Mädchen in dem Alter noch nicht. Sie suchten Glamour wie bei Dave Dee, Dozy, Beaky, Mich & Tich, den Bee Gees oder gar den Rolling Stones, da konnte so ein blasser blonder Referendar, in einen konventionellen Anzug gepresst, kein Mädchenherz zum Schwingen bringen. Die Mentorin schüttelte den Kopf, der junge Mann hatte so gar keinen Pfiff in der Kleidung. Wie sonst könnte ein

Mann mit etwas farblosem Naturell in Haut- und Haarfarbe einen Anzug in einem dunklen Senfton wählen?

Ihr eigener Geschmack war exaltierter. Manche Schülerinnen erinnerten sich noch viele Jahre später an ihr graues Kostüm, das sie gern mit damals völlig unmodernen spitzen roten Schuhen kombinierte.

In den ersten Stunden, die Aalhausen unterrichtete, saß die Studienrätin hinter ihren Schülerinnen auf einem Stuhl und machte sich Notizen. Manche junge Damen beobachteten, wie sie an einigen Stellen zustimmend nickte oder den Kopf schüttelte. Ein- oder zweimal griff sie ein, um eine Frage an die Schülerinnen besser zu formulieren. Später war sie gar nicht mehr dabei und nutzte ihre freie Zeit anderweitig.

Das Werk von Kafka ist anstrengend. Manche Schülerinnen wollten die Verwandlung des Protagonisten in einen Käfer wörtlich nehmen, andere erkannten eine übertragene Bedeutung. In einer der letzten Stunden zum Werk fragte Aalhausen die Mädchen, mit welchen Gefühlen sie denn dieses Buch gelesen hätten? Distanziert, voller Mitleid, mit ein bisschen Ekel, waren die häufigsten Antworten. Eine maulige Schülerin meinte: „Ich find's schwierig, dann eine Wohnung zu finden. Welcher Vermieter sieht schon gern eine Riesenkellerassel im Haus ein- und ausgehen?"

Aalhausen fragte zurück: „Finden Sie Käfer eklig?"

Die Schülerin zuckte die Schultern: „Nicht mehr oder weniger eklig als andere Insekten."

Daraufhin berichtete Aalhausen, wie ihn die Geschichte nach dem ersten Lesen berührt hatte. „Das ist so gut, so stark beschrieben, ich habe jahrelang keinen Maikäfer aus Schokolade mehr essen können!"

Meine Güte, was für ein Seelchen ist der denn? Kann er nicht unterscheiden zwischen einer fantastischen Geschichte und der Realität? Manch eine schüttelte den Kopf.

Aalhausen selbst merkte, dass er mehr von sich preisgegeben hatte, als die Schülerinnen von ihm sehen wollten. Er brach diesen Gang der Diskussion ab und kehrte zur Interpretation zurück. Die war vom Lehrplan vorgegeben, in der Geschichte werde ein Vaterkomplex abgearbeitet. Andere, das hatte Aalhausen gelesen, sahen im Thema eher den Künstler im Kampf um seine Existenz, der letztendlich vom spießigen Umfeld in den Tod getrieben wird.

In der letzten Turnstunde vor den Sommerferien krakelte Heidrun laut herum: „Ich weiß jetzt auch, warum der Aalhausen so 'ne Käfermacke hat! Meine Mutter putzt die Treppe in dem Haus, in dem er wohnt, und sie hat ihn zufällig durch die offene Tür gesehen, als er morgens im Schlafanzug rumlief." Alle verstummten und hörten gespannt zu. Konnten sie jetzt mit einer Sexgeschichte rechnen, zum Beispiel dass die Putzfrau den jungen Referendar vernascht?

Denn nur Mütter, denen sonst kein Abenteuer mehr ins Haus steht, würden sich an so einem farblosen Typen vergreifen.

„Der hat, Ihr werdet es kaum glauben, Entenbeine und Entenfüße!"

Die Klassenkameradinnen lachten. Sicher eine Erfindung von Heidrun, sowas gibt es nicht. Die stille Maike ergriff das Wort, als sich das Gelächter gelegt hatte: „Vielleicht ist er eine Chimäre? Halb Mensch, halb Ente?" Sie meinte es durchaus ernst, aber die anderen Mädchen grölten erneut los. Halb Mensch, halb Ente, na, das wär's ja noch!

Die Biologie

Bevor ich auf die Biologie der Chimären zu sprechen komme, möchte ich an einige wenige Kenntnisse erinnern, die die meisten von uns in der Schule gelernt haben.

Der Körper von Säugetieren, und hier sei schon erwähnt, dass die Chimären dazu zählen, setzt sich aus Organen zusammen. Da kennen wir das Herz, die Lunge, den Magen, die Haut usw. Die Bausteine der einzelnen Organe sind die Zellen.

Ob Mensch, Tier, Chimäre oder Pflanze: In jeder einzelnen Zelle eines Lebewesens ist das gesamte Erbgut enthalten. Dieses wird bei der Befruchtung festgelegt und ist für jedes Individuum einzigartig. Eine Ausnahme bilden z.B. eineiige Zwillinge.[1]

Im Zusammenhang mit dem Erbgut gibt es drei wichtige Begriffe: Gene, Chromosomen und die DNS (heute sagt man häufig wie im Englischen: DNA).

Der Mensch besitzt 46 Chromosomen, ein Schimpanse 48, ein Hund 78 und ein Schwein 38.[2] Es ist den Forschungen von Dr. Ernst Fickel zu verdanken, dass wir die Zahl der Chromosomen der Chimären kennen: Genau 500 Chromosomen hat eine Chimäre.[3] Ebenfalls wichtig zu wissen: Ein Champignon ist mit nur acht Chromosomen ausgestattet. Von den Chromosomen werden jeweils zwei als Geschlechtschromosomen bezeichnet, und zwar bei der Frau als XX, beim Mann als XY und bei der Chimäre als YY.[4] Unklar ist, ob man das YY-Chromosom wirklich als Geschlechts- oder eher als Spezieschromoson bezeichnen sollte.[5]

Die Chromosomen bestehen aus aufgewickelter DNS. Es ist nur eine Verschwörungstheorie, dass es in manchen Handarbeitsläden in einer Geheimabteilung DNS-Knäuel im Angebot gibt, inklusive handschriftlicher Anleitung zum Stricken von Pullovern.

---

[1] [https://www.netdoktor.de/magazin/erbgut-gene-chromosomen/
[2] https://www.frustfrei-lernen.de/biologie/chromosomen-gene-dns.htmlhttps://www.frustfrei-lernen.de/biologie/chromosomen-gene-dns.html
[3] Fickel, Ernst: Die Chimäre als biologische Einheit, 1946.
[4] Siehe Fußnote 2
[5] Fickel, ebd.

Ebenfalls wichtig für den Menschen ist die Blutgruppe. In ihr wird die Zusammensetzung der Oberfläche roter Blutkörperchen beschrieben.

Beim Menschen unterscheiden wir die Blutgruppen 0 (Null), A, B und AB. Fickel hat auch hier Pionierarbeit geleistet, als er feststellte, dass die Chimären nur eine Blutgruppe aufweisen: die BB. Zur Entstehung der verschiedenen Blutgruppen hat Fickel endlich gesicherte Hinweise vorgelegt: Blutgruppe 0 entstand vor ca. 5 Millionen Jahren als genetische Mutation aus Blutgruppe A, Blutgruppe BB vor ca. 4,8735 Millionen Jahren als ähnliche Mutation aus Blutgruppe AB.[1]

Kurz zusammengefasst: Die Chimäre besitzt 500 Chromosomen, wobei das Paar YY für sie typisch ist. Ihre Blutgruppe ist BB.

Achtung: Sollten Sie jemals eine Bluttransfusion benötigen, so achten Sie bitte darauf, dass es kein Chimärenblut ist. Dieses ist absolut unverträglich mit Menschenblut und kann bei Beimengung zur Ausformung ungewöhnlicher Körperstrukturen und Appetitlosigkeit führen.

Viele Organe sind bei Chimären und anderen Säugetieren ähnlich gestaltet. Wer mehr wissen möchte, als ich im Folgenden aufzeigen werde, findet in der Literatur das eine oder andere Buch zu diesem Thema. Laienverständlich ist dies vor allem bei Dr.

[1] Fickel, ebd.

Fritz Wankmut[1] erläutert, dem Leiter des Instituts für Säugetierorganologie der Universität Göttingen. Ich fasse seine Erkenntnisse zusammen:

Bis etwa zur Taille verfügt die Chimäre über die menschlichen Organe. Dazu zählen Gehirn, Herz, Lunge. Das chimärische Gehirn ist auffällig, denn seine Arbeitsleistung ist enorm, muss es doch quasi zwei Organismen gleichwertig verwalten. Es wiegt daher mehr als das menschliche Gehirn. Das bedingt eine gewisse Gehirngröße und erklärt, warum manche Chimären einen verhältnismäßig großen Kopf haben.

Aufgrund der Unterschiede bei Mann und Frau ist bekannt, dass das Gehirngewicht nicht mit der Gehirngröße korreliert. Zwar sind Männerhirne schwerer, aber im Verhältnis zur Körpergröße nehmen ihre Gehirne einen kleineren Anteil ein. Männer haben mehr Gehirnzellen, die jedoch schneller absterben als bei der Frau. Ein Frauenhirn wiegt 1245 Gramm, der Mann liegt bei 1375 Gramm und die Chimäre bei 2017 Gramm. Gehirngewichte, die über diesen Durchschnittswerten liegen, lassen nicht zwangsläufig auf größere Intelligenz schließen. Viele Denker und führende Chimären hatten sogar ein relativ leichtes Gehirn.[2]

---

[1] Wankmut, Fritz: „Der Körper: Eine Transaktionsanalyse interaktiver Peripheriemechanismen bei Säugetieren, 2002.
[2] https://www.bild.de/10um10/2013/10-um-10/zehn-irrtuemer-gehirn-333 09964.bild.html

Ab dem Darm entsprechen die Chimärenorgane dem Tier, das sie widerspiegeln. Einzig beim Magen ist die Lage nicht eindeutig. Wankmut berichtet sogar von Fällen, wo der Magen sich nicht entscheiden wollte, zu wem er gehört: Mensch oder Tier. Dennoch ist Wankmut kein einziger Fall bekannt, in dem dieses Beieinandersein zu Konflikten und Magen-Darmstörungen geführt hat.[1]

Grobbiologisch ist die Körpermitte der Chimären interessant: Wie gestaltet sich der Übergang vom Menschenoberteil zum tierischen Unterteil? Berichte aus der Bevölkerung, die Chimären beim Nacktschwimmen in öffentlichen Seen beobachtet haben, geben Hinweise, dass die Behaarung in der Körpermitte zunimmt, teilweise sogar dermaßen stark, dass diese Problemzone praktisch verdeckt ist.[2] Ähnlich vage sind die Angaben zum Ansatz von Schwänzen und Schweifen. Da wir in heutiger Zeit eher bekleidete Chimären antreffen, sind wir auf geheime Beobachtungen und Arztberichte angewiesen. Ärzte zeigen sich hier nicht sehr offen im Gespräch, weil sie sich zur Abwechslung einmal an ihre ärztliche Schweigepflicht halten. Vielversprechend ist daher die Ankündigung des Demont-Verlags bei der letzten Buchmesse, dass sie 2023 einen Bildband zu „Prob-

---

[1] Wankmut, ebd.
[2] Fritz Leinert, „Beobachtungen an FKK-Stränden und verbotenen Nacktbadeseen", 1968.

lemzonen der Chimären: Einmalige Aufnahmen und Bilder" planen.[1] Der Fotograf Johannes Leierwinkel konnte hierfür gewonnen werden. Er ist für seine zahlreichen imposanten Naturbildbände bekannt und liegt vermutlich, während Sie hier lesen, bereits auf der Lauer!

Die Psychologie

„Wer eine Biologie hat, hat auch eine Psychologie" sei der Leitsatz für das vorliegende Kapitel.

Die Psychologie der Chimären ist mitreißend. Man braucht sich nur einmal vorzustellen, wie das ist, wenn man morgens aufwacht und plötzlich das eigene Unterteil ausgetauscht ist gegen das Unterteil von Schnucki, dem hauseigenen Pudel. Das würde zweifelsfrei zu großen Belastungen der Psyche und Identitätskrisen führen. Denn die Frage für mich bleibt: Wo ist des Pudels Kern?

Ich vernachlässige hier einmal die Frage, ob der Pudel nun zu einem Dämon mit Pudeloberteil und einem menschlichen Untergestell geworden ist. Bei diesem Dämon ist ebenfalls mit einer Psychokrise zu rechnen. Da der Mensch psychisch labiler ist als ein Pudel und Thema dieses Artikels die Chimären, nicht die Dämonen sind, beschäftige ich mich im Folgenden ausschließlich mit der Frage, wie eine solche Erkennt-

---

[1] Artikel in „Das Neuste von überall", 21/2018, Seite 3.

nis die ehemals menschliche Psyche beschäftigen würde. Daran anschließend wäre zu klären, ob Chimären ähnliche Probleme haben. Für sie ist die Situation vermutlich weniger belastend, da sie sich gar nicht anders kennen als in der Gestalt der Chimäre.

Ob ein Mensch sich nach der – rein fiktiven – Umgestaltung zur Chimäre neutral, belastet oder belebt fühlt, hängt von zweierlei ab: (1) Was für ein Mensch war der Mensch vorher? (2) Welches Unterteil wird von nun ab geführt?

Ein Mensch, der mit seinem Äußeren zuvor absolut unzufrieden war, kann ein besseres Selbstbewusstsein gewinnen. Denken wir an eine extrem üppige Dame, deren Hüftumfang allenfalls durch zwei Sessel gestützt werden kann. Da artgerecht aufgewachsene Tiere kein Übergewicht haben, wird sie hinzugewinnen. Je nach Hüftumfang wird sie die untere Verschlankung als „leicht besser als vorher", „besser als vorher", „sehr viel besser als vorher" oder „unvergleichlich besser als vorher" auf einer Skala von 1 bis 10 bewerten. Ja, vielleicht bietet ihr das propere Untergestell nun genügend Motivation, auch das Oberteil durch gemäßigte Kost zu verschlanken.

Nehmen wir dasselbe Beispiel, dieselbe Frau. Gewinnt sie das Unterteil eines Elefanten hinzu, wird sie das weniger begeistern als das Unterteil einer Gazelle. Sicher hat sie schon viele Nächte davon geträumt, wie eine Gazelle über die Wiesen zu springen, und nicht, wie ein Elefant durch den Porzellanladen zu stampfen (wobei Letzteres ein Vorurteil ist, die Unfälle mit Elefanten in Porzellanläden tendieren weltweit gegen null).

Die Psyche dieser Mensch-Gazellen-Frau wird einen deutlichen Aufschwung nehmen, ihre depressiven Phasen werden weichen oder gewissen manischen Episoden Platz machen.

Wie ist das mit einer Chimäre, die als halb übergewichtiger Mensch, halbe schlanke Gazelle / halber Elefant seit ewigen Zeiten über die Erde schreitet? Sie wird ausgeglichen und ruhig dem Schicksal ins Auge sehen, denn Chimären haben die prämienverdächtige Eigenschaft, sich mit ihren Merkmalen zufriedenzugeben. Sie streben nicht nach einer bestimmten Augenfarbe, einem abgezirkelten Gewicht. Sie nehmen, was das Schicksal ihnen gibt, und finden sich hinein. Wobei, wie weiter unten ausgeführt, Übergewicht bei Chimären unbekannt ist. Es sind andere Dinge, die Chimären zur Verzweiflung bringen, aber auch dazu weiter unten mehr.

Ein Mensch, dem zuvor sein Aussehen gleichgültig war, wird auch jetzt nicht aus heiterem Himmel ein Problem mit seinem veränderten Aussehen bekommen. Er wird das Neue in sich fraglos akzeptieren, solange es nicht seine Funktionstüchtigkeit einschränkt. Wir haben von Meerjungfrauen gehört, die zuvor Menschen waren, die zwar das Schwimmen ge-

nießen, aber das Robben am Strand oder Rollstuhl-
fahren in der Stadt unangenehm finden.

Kommen wir zu den Schönheiten dieser Welt.
Nehmen wir einen Mann, der seine strammen wohlgeformten Beine gern im Fitnesscenter zur Schau
stellt. Wird er mit einem Löwenunterteil glücklich
werden, auch wenn man ihn anschließend als männ-
liche Sphinx bezeichnet? Wird er weiter an der Bein-
presse trainieren, um die Löwenunterschenkel in bes-
sere Form zu bringen? Braucht er Stimmungsauf-
heller, um mit der Situation fertig zu werden? Dies
alles sind Fragen, die wir nur im direkten Einzelge-
spräch klären können.

Eine Frau, der auf der Straße 99 % aller Männer
nachblicken, weil sie lange, wohlgeformte Beine mit
aufregenden Fesseln ihr eigen nennt, ist möglicherweise sogar glücklich, wenn sie ein Schweineunterteil
bekommt. Der Grund ist, dass sie endlich wegen ihres
Charakters bemerkt wird, nicht mehr nur aufgrund
ihres blendenden Aussehens. Bei eitlen Menschen, die
nur an ihr Äußeres denken, kann jedes neue Unterteil,
selbst das eines putzigen Kätzchens, zu einer Ver-
zweiflungsorgie mit vielerlei Drogen führen.

Chimären sind in der Regel mit ihrem Erschei-
nungsbild zufrieden, denn sie wissen: Ändern wird
sich nichts, egal wie unglücklich sie sind. Experimente mit Stimmungsaufhellern oder Beruhigungs-

mitteln triggerten hier keinerlei atypische Verhaltensmuster.

Diese Wesen haben andere psychologische Probleme: ihre Akzeptanz in der Tier- und Menschenwelt. Sie fühlen sich häufig unverstanden. Gern würden sie Kontakt zu Menschen aufnehmen, die ihnen im Regelfall neutral oder abweisend entgegentreten. Nur in Griechenland ist die Stimmung den Chimären gegenüber, allein aus Tradition, offener. Psychisch belasteten Chimären wird daher häufig ein Kuraufenthalt im Land ihrer Urururururururururgroßahnen empfohlen.

Chimären haben den Drang zur Freikörperkultur, weil viele es lieben, stolz ihre beiden wohlgeformten Körperhälften vorzuführen. Originalchimären sind niemals über- oder untergewichtig, wie Bilder aus allen Zeiten dokumentieren. Heutzutage wird das nicht so gern gesehen, was neue Stresssituationen auslöst. „Warum darf ich nicht sein, der ich bin?" Diese Frage hören viele Psychiater und Psychologen im Therapiegespräch.

In der Tierwelt finden sie noch weniger Akzeptanz. Ein freilebender Löwe kann in seinem Leben bis zu zwanzig Chimären reißen. Das deprimiert Chimären, die in sich glücklich sind, ebenfalls.

Es mag wie ein Widerspruch klingen, aber Chimären haben große Freude an den Kleidungsstücken der Moderne. Sie laufen nicht gern bekleidet herum, aber wenn sie sich anziehen und ihre Nacktheit bedecken, bevorzugen sie grelle Farben und mutige Schnitte.

Der Anteil der Chimären, die eine stationäre Psychotherapie benötigen, ist deutlich geringer als die entsprechende Zahl beim Menschen. In den Jahren 2005 bis 2009 haben dreizehn Chimären einen psychosozialen Dienst aufgesucht, in den folgenden sieben Jahren waren es zwei. Neuere Zahlen liegen nicht vor. Inwieweit Psychotherapien bei privat niedergelassenen Therapeuten in Anspruch genommen werden, liegt eher im Dunkeln, da die Chimären-Krankenkassen nur stationäre Aufenthalte bezahlen. Im Gespräch mit Vertretern der Berufsgruppen ,Psychologen, Psychotherapeuten und Psychiater' wurde unlängst bekannt, dass der Anteil während der Jugendjahre deutlich höher ist als im Erwachsenenalter, wenn auch die letzte Chimäre glücklich damit ist, wie sie ist. Diese geringe Beanspruchung psychologischer und psychiatrischer Hilfe hat zu einer gewissen Arroganz bei ihnen geführt, was solche Behandlungen betrifft. Es ist kein Einzelfall, dass Chimären fast vor Lachen ersticken, wenn sie einem Menschen begegnen, der ihnen ernsthaft erläutert, dass sein Leben ohne Therapie an einem Baumpfahl geendet wäre.

Die Konferenz der Chimären

Als die erste Konferenz der Chimären im 20. Jahrhundert abgehalten wurde, hatten viele Teilnehmer wegen der Klangähnlichkeit das Buch *Die Konferenz der Tiere* von Erich Kästner gelesen. So ein bahnbrechendes Werk, das humorvoll und ernsthaft zugleich die Friedensproblematik aufgreift! Deshalb stand auf der ersten Tagesordnung als einziger Punkt „Wir und die Konferenz der Tiere". Niemand nahm Anstoß an der unhöflichen Art, den Satz mit „Wir" einzuleiten. Aus Protokollen dieser ersten Konferenz, die sich über fünf Tage erstreckte, lässt sich leicht erkennen, dass es dort hoch herging. Teils amüsierten sich die Chimären über die Probleme der Tiere, wie z.B. die Schwierigkeit, ein passendes Bett für eine Giraffe zu finden. Teils fanden sie die tierischen Maßnahmen wie Nagetier- und Mottenüberfälle und als negativen Höhepunkt die Kindstötung zu drastisch. Man war sich einig, dass man von solchen Eingriffen absehen wollte, auch „wenn das Tier in uns etwas anderes verlangt", so der Konferenzvorsitzende.

Auf der zweiten Sitzung des vergangenen Jahrhunderts wurden in Gruppenarbeit Berichte und Protokolle der Konferenzen aus der Urzeit diskutiert. Alle waren begeistert von der hohen Qualität dieser Dokumente, die teils Hunderttausende von Jahren vor der neuen Zeitrechnung verfasst worden waren. Die Beschaffung der Steinplatten war etwas mühsam gewesen, da herrschte Einigkeit.

Die Konferenzen aus der grauen Anfangszeit waren nur in mündlicher Form überliefert worden. „Bei den Menschen nennt man das Sagen und Fabeln, die haben keine Ahnung, wie sie mit ihrer eigenen Geschichtsschreibung umgehen sollten." Solche arroganten Einstellungen den Menschen gegenüber hörte man während dieser Konferenzen häufig. Obwohl die Alten gern den Zeigefinger anhoben: „Arroganz kommt vor den Fall!" „Nein", rief ein junger Heißsporn aus dem Zuhörerbereich, „Es heißt, Hochmut kommt vor den Fall!". Daraufhin war es still in der Halle, denn die Alten bekamen in der Regel Respekt und keinen direkten Widerspruch. „Mein lieber junger Freund", antwortete dem Heißsporn der Konferenzvorsitzende, der diesen Posten schon seit einigen Jahrhunderten innehatte, „Hast du noch nie etwas von Wortspielen gehört? Oder glaubst du, ich wüsste nicht, wie die Redewendung tatsächlich heißt?" „Ja, schon gut" murmelte der junge Mensch-Stier und dachte: „Mein Tag wird noch kommen, Alter!" Woran man sieht: Auch bei den Chimären ist nicht alles vorbildlich.

Es gibt zwei Arten von Konferenzen: die turnusmäßig gepflegten und die angesichts eines Notstands spontan einberufenen. Vor einhundertvierundzwanzig Jahren wurde die letzte Notstandssitzung abgehalten.

Anlass war ein Glaubenskrieg gewesen: Eine Partei war überzeugt, dass man als Chimäre Tier und Mensch überlegen sei (TM), die andere glaubte, dass man als Chimäre Mensch und Tier überlegen (MT) sei. Da mag man stocken und denken: Wo ist denn da der Unterschied? Das zeigt eben nur, wie wenig feinsinnig ein Menschengehirn ist, dass es nicht so fein differenziert. Es gab eine furchtbare Auseinandersetzung, ganze Ehen und Familienverbände zerbrachen an dieser Frage. Kurz bevor die TM-Partei Waffengewalt gegen die MT-Partei einsetzte, konnte man sich darauf einigen, eine Notfallkonferenz einzuberufen. Auf diesem Treffen, das eine Woche dauerte, schlugen die Wellen hoch, brodelte die Stimmung mehrmals so stark, dass man Tätlichkeiten befürchten musste. Letztendlich gelang es dann dem Senat der Ältesten, wenigstens für Ruhe in den Sitzungssälen zu sorgen. Wie genau sie das erreichten, blieb im Verborgenen, aber es wird immer noch gemunkelt, dass man mit Entzug von Obst und Gemüse während der Konferenz drohte, falls diese Aggressionen nicht beigelegt würden. Danach setzen sich alle Vertreter der beiden Parteien, wenn auch unter starkem Murren oder mit Flüchen auf den Lippen, an mehrere runde Tische und einigten sich letzten Endes auf das, was der Konferenzleiter gleich zu Anfang vorgeschlagen hatte: Dass man als Chimäre von der Sache her absolut überlegen sei, und zwar jedem und immer. Damit war dieses kritische Thema ein für alle Mal abgehakt.

Die jüngste Konferenz fand im Februar 2018 in Luzern (Schweiz) statt. Das Vorgehen bei der Festlegung des Konferenzorts folgte dem üblichen Muster: Der Leiter der vorherigen Konferenz zog das Los von allen eingereichten Städten, in diesem Fall waren es zwei. Luzern hatte gewonnen und bekam vierzig Tage Gelegenheit, sich auf die unvergleichliche Veranstaltung vorzubereiten. Die Beteiligung schien neue Rekorde zu brechen: Das Exekutivkomitee hatte 547 Einladungen verschickt und 723 Zusagen erhalten. Die scheinbare Diskrepanz von Einladungen und Zusagen liegt darin begründet, dass die Hälfte der Einladungen in Wäldern an die Bäume genagelt wird, damit auch Chimären ohne festen Wohnsitz davon erfahren. Der einzige Tagesordnungspunkt war die Terminfestlegung für die nächste Konferenz.

Die rekordverdächtige Zahl von Zusagen wurde nur übertrumpft von der Zahl der Teilnehmer. Gegen Ende der Konferenz wurden 1776 Teilnehmer gezählt, das hatte es nie zuvor gegeben. Es hatten sich Alt und Jung auf den Weg gemacht.

Die große Konferenzhalle in der Nähe des Bahnhofs war geschmückt worden. Die Chimären strömten in das Gebäude, einige wenige hatten ihre Reise komplett zu Fuß unternommen, andere hatten sich einen Karren gemietet. Da Chimären der Erwerb eines

Führerscheins untersagt ist („Welch eine Dreistigkeit der menschlichen Überheblichkeit!"), gab es glücklicherweise keine Parkplatznot. Karren wurden gestapelt, das war's!

Als Erstes meldete sich Ludmillus zu Wort. Warum nicht der von ihm vorgeschlagene Tagesordnungspunkt „Namensgebung" mit aufgenommen worden sei? Einige Chimären raunten sich zu, wer denn dieser Ludmillus sei? Halb Mensch, halb Ziege, und seht nur sein modisch geckenhaftes Gehabe: Aus der Dreiviertel-Hose lässt er die Ziegenbeine schauen und am Kinn trägt er einen Ziegenbart. Das war dieses Jahr der Modetrend: Der Menschenteil versuchte, etwas von seinem Tier ins Menschsein zu bringen. Eine Mensch-Löwen-Frau trug wirre Haare auf dem Kopf und behauptete, das sei eine wilde Löwenmähne. Ein Mensch-Einhorn trug einen Einhorn-Rucksack bei sich und zwirbelte den Pony mit Hilfe von Gel zu einer Art Horn zusammen, denn sonst hätte man das Unterteil für ein Pferd, nicht für ein Einhorn gehalten.

Der Vorsitzende des diesjährigen Treffens, ein Mensch-Huhn, rief zur Ruhe auf. Man habe noch nicht die menschlich-akademische halbe Stunde gewartet, bis auch die Älteren, etwas Langsameren eingetroffen seien. Die Mensch-Fischin (oder: Meerjungfrau) schob sich mit ihrem Rollator nach vorn. Sie wollte nichts verpassen. Als Letztes kam die Mensch-Löwin, die Sphinx. Die Haare voller Reisestaub saß sie in einem Rollstuhl, die Tatzen wollten es nicht mehr so recht tun. Sie war die älteste Teilnehmerin und wurde mit einem kleinen Ständchen geehrt. Müde hob sie die Augenlider, der Pyramidenstaub rieselte über ihre Bluse. Wie viele Konferenzen hatte sie nicht schon gesehen! Immer wieder sagte sie sich, dass sie danach an keiner mehr teilnehmen werde, aber dann konnte sie doch der nächsten wohlformulierten Einladung nicht widerstehen. Ihre mit den Jahrhunderten weiter gewachsene Eitelkeit riet ihr auch zu den jeweiligen Reisen, denn wo bekommt man heute noch ein Altersständchen gehalten?

„Bleibt die Tagesordnung wie angekündigt?", fragte sie mit kaum hörbarer Stimme. In der Tat war sie so leise, dass niemand sie hörte. Sie stieß daraufhin ihren Vordermann, einen Mensch-Wolf, mit ihrem Wanderstab in den Rücken. Er dreht sich ärgerlich um, ach ja, die alte Sphinx, was wollte die denn? Einen jungen Burschen vernaschen? Sie winkte ihm zu, dass er seinen Kopf näherbringen sollte, und flüsterte ihm ihre Frage ins Ohr. „Okay, okay, ich frag's für dich." Er richtete sich zu voller Höhe auf: „Die Sphinx hier lässt fragen, ob es Änderungen an der Tagesordnung gibt."

Ein weibliches Mensch-Schaf, das zum Protokollführen abkommandiert worden war, antwortete: „Nein, wie immer gibt es zahlreiche Änderungsanträge." Der Mensch-Wolf drehte sich zur Sphinx um, er wollte ihr dies mitteilen, aber sie war soeben sanft eingeschlafen (nicht entschlafen).

Man hatte sich im Vorsitz darauf geeinigt, die Tagesordnung etwas zu erweitern. Sie lautete jetzt:

1. Festlegung des nächsten Konferenztermins
2. Festlegung des nächsten Konferenzorts
3. Namensgebung
4. Modetrends der letzten beiden Jahrhunderte

Punkt 1 und 2 waren schnell erledigt. Die nächste Routinekonferenz würde in genau zwei Jahren, zwei Monaten und zwei Tagen stattfinden, das war Tradition. Das Mensch-Huhn zog aus der Lostrommel, die dieses Mal mit fünfundzwanzig Losen bestückt war, den nächsten Konferenzort: „Zürich, Schweiz". Stimmen wurden laut „Schiebung!" Jemand rief „Das stinkt nach Bestechung, das kann gar nicht sein!". Niemand ging auf diesen Einwand ein.

Die Namensgebung wurde hitzig geführt. Die Alten fanden die Bezeichnung Mensch-Tier wie in Mensch-Stier, Mensch-Schaf, Mensch-Einhorn, Mensch-Schlange mit den Besonderheiten Meerjungfrau und Sphinx völlig in Ordnung. Warum das ändern? Die junge Generation aber wollte einen vollen Namen, mit Vornamen und Nachnamen. Man fände sich sonst weitere Jahrhunderte nicht in der Lage, der menschlichen Bürokratie zu folgen. Somit konnte kein Wohngeld beantragt werden, von Hartz-IV-Leistungen (wie es 2018 noch hieß) ganz zu schweigen. Das Gegenargument: „Aber wer keinen Menschennamen hat, muss auch keine Steuern zahlen!", wurde stimmgewaltig niedergebrüllt.

Ein ganzer Tag verging, bis die Einigung feststand: Meerjungfrauen, Seejungfrauen und Sphingen der alten Generation dürfen ihre Sondernamen behalten. Jüngere Chimären wählen sich einen Vornamen frei, wenn möglich mit Bezug zu ihrem Tierteil. Aus dem tierischen Anteil wird der Nachname erstellt. Ludmillus beharrte darauf, seinen Vornamen zu behalten. Er hatte nicht verstanden, dass der Vorname sowieso frei wählbar war, der tierische Teil nur eine Empfehlung. Ein Mensch-Vogel gab sich spontan den Namen „Falk Kiwitt" und wurde dafür laut beklatscht. Beim Wettbewerb *Wer hat sich den besten Namen gegeben?* erhielt er den ersten Preis. Auf Rang zwei kam der uns bekannte Mensch-Wolf mit seinem Namen „Wolfgang Pfotenwitz", den dritten Platz erreichte die Mensch-Löwin „Leonie Sphincterus", auch wenn, wie eine weise Chimäre meinte, der Nachname ein wenig anal klinge.

Falk Kiwitt hielt spontan eine kurze Rede zum Abschluss der Konferenz. Ludmillus hätte ihm gern die Schau gestohlen. Als er aber sah, dass Falk eine Anzugjacke im Hahnentrittmuster trug, gab er klein bei.

Aus der Schule

Früher hieß sie Mathilde Sauerwein. Irgendwie fand sie den Namen lustig und wenn sie neu vor eine Klasse trat, fingen die Kleinen regelmäßig an zu lachen. Sie lachte mit, das erste Eis war gebrochen.

Nach der letzten Konferenz hatte sie sich umbenannt. Es war kein Zwang, aber sie wollte gern up to date sein. Was würden die Kinderchen sonst denken? „Unsere Lehrerin ist total zurückgeblieben, die hat noch so einen Namen von vorvorgestern. Obwohl wir sie im Grunde unseres Herzens mögen, schämen wir uns, wenn wir mit ihr gesehen werden." Nein, das ging nicht. In menschlicher Gesellschaft pflegte sie ihr Unterteil zu bedecken, aber ihresgleichen fand nichts dabei, dass sie halb Schwein, halb Mensch war. Nun hatte sie sich den Namen Porcina Wuzzi gegeben. Das war ebenfalls lustig. „Was aber ist das Leben ohne Lachen?", hatte sie das Kollegium gefragt, weil ihre Kollegen laut losprusteten, als sie ihren neuen Namen vorstellte.

Frau Wuzzi war Grundschullehrerin mit vollem Herzen. Besonders gern unterrichtete sie Erstklässler-Chimären, weil sie so offen waren für alles, so verspielt, ohne Häme, einfach niedlich. Wobei auch Achtklässler nicht zu verachten waren, denn mit ihnen konnte sie schon richtig arbeiten, ihnen echte Aufgaben übertragen. In der achten Klasse pflegte sie die kleinen Chimären mit einer Projektaufgabe zu betrauen. Die Kinderchimären erhielten ein Thema und bekamen zwei Wochen Zeit, dazu einen Aufsatz zu schreiben. In der Zeit fiel der Unterricht aus. Die Themen waren stets von Bedeutung für die Gemeinschaft. In einem Turnus von sechs bis acht Jahren wiederholte sie die Themen, denn was einmal für eine Gesellschaft wichtig ist, wird es in acht Jahren genauso sein. Dieses Jahr war ihr Lieblingsthema wieder an der Reihe: „Die Chimären aus Sicht der Menschen". Unter diesem Oberbegriff gab es Unterthemen. Der Klassenbesten hatte sie empfohlen, sich einmal in der Mythologie umzusehen. Der Klassenbeste erhielt den Auftrag, sich mit dem modernen Chimärenbegriff auseinanderzusetzen.

In Frau Wuzzis Klasse gab es nur Klassenbeste. Da waren einmal die Klassenbesten ohne Zusatz, jeweils einer männlich und einer weiblich, dann gab es die Klassenbesten für Textaufgaben, die Klassenbesten für freundliches Auftreten, die Klassenbesten für nette Begrüßung, die Klassenbesten für saubere Fingernägel, die Klassenbesten für die lauteste Stimme usw. So waren alle kleinen Chimären mehr oder weniger glücklich, denn keine fühlte sich minderwertig. Völlig dumme Chimären hatte sie bis jetzt glücklicherweise nie unter ihren Schülern angetroffen, so dass der Titel ‚Klassenbeste für fehlende Intelligenz' nie verliehen werden musste.

Das Ende der zwei Wochen war heute erreicht, die Lehrerin radelte zur Bäckerei, bei der sie Kuchen bestellt hatte. Das war eine von ihr eingeführte Tradition, wenn die Schüler ihre Aufsätze präsentierten, damit sie merkten, was für ein spezieller Tag es war. Um die Menschen nicht zu verunsichern, trug sie ein Dirndl. Unter dem weiten Rock dieses Kleidungsstücks ließen sich ihre recht runden Formen gut verbergen. Leider hatte sie sich wegen der Namensumstellung eine neue Bäckerei suchen müssen. Was sollten die menschlichen Mitarbeiter sonst davon halten, dass sie bei Vorbestellungen einen gänzlich neuen Namen präsentierte? Eine Änderung nur des Nachnamens hätte sie mit einer Heirat erklären können. Aber doch nicht einen neuen Vornamen! Sie war sowieso froh, dass sie nicht das Wort ‚Heirat‘ aussprechen musste, weil sie dabei stets zart errötete. Ein peinlicher Zug, der ihr aus der Pubertät verblieben war.

Die neue Bäckerei war ihr noch fremd, der Kuchen sah grandios aus. Die Bedienung war freundlich, allerdings ihr noch nicht so vertraut, dass man auch ein paar private Dinge austauschen würde.

„Guten Tag, ich habe zwei Käsesahnetorten und einen Marmorkuchen vorbestellt, auf den Namen Porcina Wuzzi.“

Die junge Verkäuferin, die durchaus von Gesichtsfarbe, Nasenform und Augengröße für ein kleines

Ferkelchen hätte durchgehen können, verschwand in den Hinterraum. Frau Wuzzi hörte, wie die junge Frau sich mit den Kolleginnen über den Namen „Wuzzi" lustig machte. „Na, wenn ich so ein Gesicht hätte, wäre ich vorsichtig. Ich kann immerhin ein Röckchen um meine Taille binden, aber bei ihr hilft nur ein großer Plastiksack über dem Kopf." Kaum hatte sie das gedacht, verspürte Porcina schon Reue, solch hässliche Gedanken zu haben. Trotzdem entschied sie sich, von der Verkäuferin fortan nur noch als „Ferkelgesicht" zu denken. Das wäre eine feine Rache!

Endlich kamen die Kuchen, sie sahen verführerisch aus. Frau Wuzzi fuhr mit dem Zeigefinger durch die Sahne und brach ein Stück vom Marmorkuchen ab, um beides zu kosten. Drei Verkäuferinnen starrten sie an. Ach wie lästig, in der alten Bäckerei hatte sich schon lange niemand mehr über diese Prüfung aufgeregt. War es den Menschen nicht wichtig, ob die Käufer mit dem Produkt zufrieden waren? Aber der Kuchen glich das Gekicher aus dem Hintergrund und die zu Salzsäulen erstarrten Verkäuferinnen wieder aus: Torten und Rührkuchen mundeten vorzüglich und die Achtklässler würden ihre wahre Freude daran haben.

Sie trug die Kuchen zu ihrem Fahrrad, auf dem sie hinten einen Spezialträger angebracht hatte, mit dem sie Torten und andere Delikatessen einfach transportieren konnte. Ein Freund von ihr, ein geschickter Erfinder, hatte sogar eine Vorrichtung angebracht, die mit Luftströmen den Kuchen bei heißem Wetter kühlte. Betrieben wurde der Mechanismus durch Treten der Pedale.

„Manche Lehrer sind zu blöde, den Führerschein zu machen", kicherten die Verkäuferinnen untereinander. „Vielleicht verdient sie ja nicht genug?", meinte eine der Frauen nachdenklich. Aber dann kam der nächste Kunde, ein fescher junger Mann. Da hatten sie keine Zeit mehr für dieses Thema, denn alle buhlten jetzt um seine Gunst.

Frau Wuzzi erreichte die Schule eine halbe Stunde vor Unterrichtsbeginn. Sie hing das lästige Dirndl in ihren Spind im Lehrerzimmer, zog den Arbeitskittel an, der bis kurz unter die Taille reichte, und trug die Torten und den Kuchen in die Klasse. Sie war gespannt, was die Kinder dieses Mal produziert hatten. Die beiden besten Aufsätze würden in der Schülerzeitung erscheinen, die dieses Jahr zum ersten Mal online veröffentlicht werden sollte.

Der Begriff Chimäre in der Gegenwart

Wie Frau Wuzzi das nicht anders erwartet hatte, legten ihre beiden ‚Klassenbesten ohne Zusatz' ausgezeichnete Arbeiten vor, die sie daraufhin sofort dem Kollegium für die Schulzeitung vorlegte. Ob die Schülerzeitung diese Aufsätze ebenfalls veröffentlichen würde, unterlag der Verantwortung der Schülerzeitungsredaktion.

Die jungen Chimären trugen, so war das ebenfalls in der Konferenz verabredet worden, bis zu einem Alter von siebzehn Jahren noch nicht ihre eigenen Namen. Diese konnten sie dann selbst bestimmen, genau wie andere Erwachsene ihrer Spezies auch: Entweder behielten sie den alten Namen oder wählten einen passend zu ihrer Mischgestalt. Dies war für eine Übergangsfrist geplant, denn für die nächste Konferenz gab es bereits einen neuen Vorschlag für die Namensgebung, der für einfacher gehalten wurde. „Für die simpleren Gemüter unter uns." Dieser Ausspruch führte zu Murren bei den simpleren Gemütern, deshalb wurde er aus dem Protokoll gestrichen. Die Namensalternativen sahen vor, dass der Name das Tier enthält, der erste (wenn nötig, auch der zweite) Buchstabe aber nur als Initialen für unauffällige Vornamen dient. Ein männlicher Tier-Eber hatte mehrere Namen zur Auswahl: Ehrhard Ber, Frank Erkel, Sebastian Christoph Wein usw. Frau Wuzzis Schwester überlegte, ob sie sich Sabine Au in den Ausweis eintragen lassen sollte. Einige Chimären trugen als Kinder bereits solch passende Namen, wie auch der ‚Klassenbeste ohne Zusatz' in Klasse 8: Rollo Hinozerus.

Rollo war stolz, dass er wieder einen Preis für einen Aufsatz bekommen hatte. Seine bescheidene Natur verbot es ihm, damit zu prahlen. Nur zu Hause berichtete er erhobenen Hauptes von der Auszeichnung. Seine Mutter hegte daraufhin verstärkt Hoffnung, dass er für das Menschengymnasium zugelassen würde. Diese Abschlüsse haben für das spätere Leben höhere Chancen, wenn man im Anschluss an die Schule eine Laufbahn im Menschensystem anstrebt. Viele Chimären begnügten sich mit Chimärenabschlüssen, die deutlich praktischer ausgerichtet sind. Manch eine Chimäre sind überzeugt, dass Lesen, Schreiben (zumindest der Unterschrift und des Namens) und die Grundrechenarten völlig ausreichen. Naseweise Chimären stellten sofort die Frage: „Und woher weißt du denn überhaupt, was die Grundrechenarten sind?" Die Antwort verlor sich in Gemurmel.

Helene Ippopotamus, Rollos Mutter, träumte davon, dass ihr Sohn einmal als Beamter die höhere Laufbahn einschlagen oder als Bankdirektor die Filiale betreuen würde, in der die meisten Chimären ihr Geld sparten. Ob Rollo diese Träume teilte, ist an dieser Stelle noch unklar. Er war so ein bescheidenes, freundliches Kind, da erwartete die Mutter keinen Widerspruch. Ihre Schwester warnte sie stets mit hoch erhobenem Zeigefinger: „Warte nur, bis euer Rollo vollends in die Pubertät schliddert, dann sprechen wir uns wieder."

So saßen sie alle gemütlich bei kleinen Häppchen um den Tisch, als Helene ihren Sohn nötigte, doch diesen ausgezeichneten Aufsatz vorzulesen, für den er eine Goldkarte mit drei Sternchen erhalten hatte. Mehr geht eindeutig nicht! Rollo murmelte etwas und lief rot an. Helene strich ihm über den Kopf: „Ist er nicht süß?" Rollo wurde daraufhin tiefrot, warf die Serviette auf den Tisch und lief hinaus. Helene griff in seine Schultasche, zog das Aufsatzheft hervor, setzte ihre Brille auf und las vor:

Der Begriff der Chimäre: Zeitgenössischer Gebrauch bei den Menschen
1. Einleitung
2. Hauptteil
2.1 Rückblick auf das Altertum
2.2 Gegenwart
3. Schlussfolgerungen und Ausblick
1. Einleitung
Chimären begleiten die Menschen durch die Geschichte. Wer heute einem Menschen begegnet, trifft meist auf wirre Reaktionen und negatives Verhalten. Uns Chimären überrascht das immer wieder. Zwar gibt es keine Belege, dass wir ausgesprochen friedliche Wesen sind, aber wir können auch kaum als kriegerisch gelten. Wir greifen Menschen und Tiere nur in Notwehr an, wir haben andere Sorgen. Viele Chimären tragen daher verhüllende Kleidungsstücke, damit ihre wahre Natur verborgen bleibt.
2. Hauptteil
2.1 Rückblick auf das Altertum

Wenn wir uns mit dem Begriff, wie er heute verstanden wird, auseinandersetzen wollen, müssen wir kurz auf die Geschichte eingehen. Das Wort entstammt der griechischen Menschenmythologie: Als Tochter eines Ungeheuers lebte die Chimäre in Olympia und bedrohte alle Arten auf der Welt. Sie wird als feuerspeiendes Mischwesen aus drei Tieren geschildert: Ziege (Chimaira heißt Ziege), Schlange und Löwe.

Schon hier lässt sich erkennen, dass man uns stets verkannt hat. Diese Mythologie könnte auch bloß als Entschuldigung für die Verachtung gesehen werden, die sich einige Menschen gebastelt haben, um sich uns überlegen zu fühlen. Anstatt zu erkennen, dass eine Mischung doch die Möglichkeit hat, das Positive zu verstärken, sieht sich der Mensch als Definition des Besten.

Ein weiterer Irrtum stammt ebenfalls aus dieser Zeit, dass nämlich eine Chimäre immer einen Löwenkörper, einen zweiten ziegenähnlichen Kopf und eine Schlange als Schwanz hat. Das ist lustig, denn in meiner ganzen Bekanntschaft und Verwandtschaft gibt es zwar einige, die in ihrem Unterteil mehr als zwei Tiere vereinen, aber einen zweiten Kopf habe ich nie gesehen. Ein Cousin sechsten Grades meiner Mutter hat Ziegenfüße, aber sonst ist sein Unterteil ein Krokodil.

Die Menschenbeschreibungen schrecken manchmal nicht vor den scheußlichsten Verleumdungen zurück:

„Chimären sind hochgefährliche, bösartige und äu-
ßerst zerstörerische Kreaturen, welche dafür bekannt
und gefürchtet sind, dass sie alles niederbrennen, was
ihnen in die Quere kommt. [...]. Sie leben bevorzugt in
hohen Gebirgsregionen, wo sie in einer Höhle hausen,
weshalb man sie nur noch selten findet. Sollte man zufällig auf das Zuhause einer Chimäre stoßen, so wird
man spätestens durch einen ekelerregenden Schwefelgeruch gewarnt, sich nicht weiter der Behausung zu
nähern." (http://de.engelpedia.wikia.com/wiki/
Chim%C3%A4re)

2.2 Gegenwart

Die Negativität des Terminus wurde in die Jetztzeit
geschleppt. Da gibt es sogar die Bedeutung der Chimäre als Trugbild, Fata Morgana. Dies erklärt auch,
warum manche Menschen sich an den Kopf fassen
oder den Kopf hilflos schütteln, bis er fast von den
Schultern fällt, wenn sie eine Chimäre sehen, die als
solche erkennbar ist.

In der Botanik, der Pflanzenkunde, wird der Begriff
abwertend verwendet. Die neutralste Formulierung ist
„aus genetisch verschiedenen Zellen oder Geweben
bestehender Organismus." (https://www.spektrum.de/
lexikon/biologie/chimaere/13). In der Pflanzenlehre
wird unsere Speziesbezeichnung ebenfalls verwendet,
und zwar, wie nicht anders zu erwarten, mit negativem
Beigeschmack: „Propfchimäre oder Pfropfbastard."
(ebenda) Der Terminus Bastard ist bei Menschen

negativ belegt und wird auf gleicher Stufe mit der Chimäre gesehen.

„Von einer Pfropfchimäre redet man erst dann, wenn bei der Pfropfung nicht nur der aufgesetzte Pfropfpartner weiterwächst (Normalfall), sondern beide Partner ein Meristem (Bildungsgewebe) aus Mischgeweben bilden, aus dem die Chimäre heranwächst; dabei kommt es zur Verwachsung der genetisch unterschiedlichen embryonalen Gewebe." (ebenda)

In Biologie und Medizin sind Chimären Mischwesen aus genetisch verschiedenen Zellen, dabei spielt es keine Rolle, ob es sich um ähnliche oder gänzlich verschiedene Spezies handelt. Unterschieden wird hier noch zwischen natürlichen und künstlichen Chimären.

Zu ersteren zählen die sogenannten Blutchimären, die bei Schwangerschaften mit mehreiigen Zwillingen [...] entstehen können. Hieraus resultiert, dass die Lebewesen zwei Blutgruppen (sic) in sich tragen. Die schulmedizinische Forschung befasst sich auch mit der Erstellung von künstlichen Organismen, die auf der Grundlage unterschiedlicher Zellen beruhen. So werden beispielsweise Tier-Mensch-Embryonen gezüchtet, die als Cybriden bezeichnet werden. Diese werden zur Stammzellenforschung genutzt. (https://www.rtl.de/cms/gesundheitslexikon-chimaere-4)

Anmerkung: Die Abkürzung „sic" in wissenschaftlichen Arbeiten ist auf das menschenenglische Wort
für „sick", krank, zurückzuführen. Ich habe keine Erklärung gefunden, warum sic in wissenschaftlichen
Arbeiten um diesen einen Buchstaben gekürzt wurde.
Ein Wort, das mit der Bezeichnung „sic" versehen
wird, ist in dem Sinne krank, dass es einfach falsch
ist. Wie hier die Angabe der Blutgruppe. Wir alle
wissen, dass sämtliche Chimären die Blutgruppe BB
haben, keinesfalls zwei verschiedene Blutgruppen.

3. Schlussfolgerungen und Ausblick

Der Begriff Chimäre ist seit alters her negativ be-
frachtet. Schon vor Einführung der Wissenschaft
wurden den Chimären Aggressionen angedichtet. In
der Moderne hat sich der negative Strom weiter verstärkt, offenbar gönnt man den Chimären nicht einmal
mehr das Positive an den Aggressionen, sind sie doch
immerhin ein Zeichen für Stärke (Feuerspeien). Jetzt
wird Chimäre mehr oder weniger verächtlich verwendet. Die Menschen bezeichnen ihre naturgefähr-
denden Experimente, in denen sie alles Mögliche zu-
sammenrühren, gern als Chimären.

Hier gilt es anzusetzen, und es ist Raum für einen
friedlichen Feldzug bei den Menschen. Sie müssen
uns nicht lieben, aber wir können Respekt und Anerkennung erwarten für das, was wir leisten. Würden
sich alle Chimären, die wichtige Posten in der
menschlichen Gesellschaft einnehmen, zu erkennen

geben, und dann ihre Posten verlassen: Es wäre traurig nicht nur um die Logistik der Menschen bestellt.

Bei einer unserer Konferenzen in der Zukunft sollte diskutiert werden, wie wir diesem Trend durch subtile Maßnahmen entgegensteuern können. Hier bieten sich Zeitschriftenartikel, Romane und Filme an. Noch besser geeignet ist eine sogenannte Seifenoper, in der sich die edelsten und gütigsten Protagonisten einer nach dem anderen als Chimäre zu erkennen geben.

***

Handschriftlich von Frau Wuzzi in Rot: „Die klare Struktur ist lobenswert! Du hast den Text sehr lebendig geschrieben und ausgezeichnet recherchiert. Ich freue mich, dass du die Zitate als solche kennzeichnest und Quellen angibst. Bravo!"

Helene nickte bekräftigend, als sie Frau Wuzzis Lob las, und sah hoch. „Wirklich brillant geschrieben, aber was man da teilweise hört, ist überaus abstoßend. Wo ist denn hier der ‚ekelerregende Schwefelgeruch? In welcher Höhle findet ihr einen so hübsch gedeckten Tisch wie bei mir? Und gefährlich?" Helene brach beim Erwähnen des Wortes „gefährlich" in lautes Lachen aus, in das sämtliche Verwandten und Freunde am Tisch herzhaft einfielen.

Mythologie der Chimären

Bella Wollske, eine Mensch-Gazelle, liebte die Songs von Jennifer Lopez. Sie hatte alle ihre Lieder auf ihren MP3-Player kopiert und hörte schon seit Jahren nichts anderes. Bevor sie ein Video mit JL gesehen hatte, wie sie liebevoll von ihren Fans genannt wird, war sie überzeugt, dass JL ebenfalls eine Mensch-Gazelle sei. Erst als ihr älterer Bruder aus einem Lexikon vorlas, dass der Nachname Lopez nicht von Gazelle, sondern von Wolf kommt, wurde sie ein wenig kleinlaut. Andererseits konnte der Name doch auch von irgendwoher stammen, noch war die Namensregelung der Chimären nicht für alle Zeiten festgelegt. Möglicherweise hatte sie einen Wolf-Urahn?

Als sie JL dann im Fernsehen sah, war sie enttäuscht. Die Sängerin war so knapp bekleidet, dass sie unter keinen Umständen ein Gazellen- oder Wolf-Unterteil verbergen konnte. Die Lösung der jungen Chimäre war bella-typisch: Sie weigerte sich, jemals wieder JL in Film oder Fernsehen zu anzuschauen, aber ihre Musik hörte sie weiterhin.

Sie war ein verträumtes Mädchen, das sich gern in einem Fantasieland bewegte. Dennoch waren ihre Schulleistungen stets glänzend: beste Noten, beste Arbeiten. Nur Rollo konnte ihr das Wasser reichen. Allerdings hegte Frau Wuzzi keine Hoffnungen, dass Bella einmal das Menschengymnasium besuchen würde. Nicht, dass Frau Wuzzi enttäuscht war, sie konnte sich Bella sowieso nicht in einer Bank oder ähnlichen Umgebung vorstellen. „Zu viel Fantasie", seufzte sie. Mädchen wie Bella waren herausragende Gestalten, aber nicht viele Geschöpfe dieser Welt konnten das erkennen.

Setzte man Rollo eine Aufgabe, so löste er sie genau wie gefordert, das aber überdurchschnittlich gründlich, eloquent und überzeugend. Stellte sie Bella vor dieselbe Aufgabe, so war die Lösung eine völlig andere, überraschend, faszinierend, ach ja, Frau Wuzzi fielen nicht genug lobende Eigenschaften ein. Außerdem hatte sie einst in einem menschlichen Sprachratgeber gelesen, dass Adjektive zu vermeiden seien. Dem konnte sie nun gar nicht folgen, sie liebte Adjektive. Wer im Aufsatz nicht mindestens zehn Eigenschaftswörter benutzte, rief ein Stirnrunzeln bei Frau Wuzzi hervor.

Frau Wuzzi war schon in dem Augenblick, als sie die diesjährigen Themen vergab, klar, wer die besten Arbeiten schreiben würde. Das war nicht etwa, dass sie voreingenommen war, es war nur so klar, so ... unvermeidbar. Rollo hatte sofort alles Wissen, über das er bereits für sein Thema verfügte, strukturiert im Kopf, das erkannte sie an seinem Blick. Genauso war ihr beim Anblick von Bella klar, dass ihre Ausführungen zur Mythologie etwas Besonderes sein würden. Ein Genuss für jede Chimäre. Dabei kam

Bella aus einem einfachen Elternhaus, wie man das in Menschenkreisen nennt. Frau Wuzzi fühlte wieder einmal mehr die moralische Überlegenheit der Chimären. Bellas Eltern waren eine friesische Mensch-Milchkuh und ein Mensch-Ochse, da erwartet man zwar zurecht Fleiß, Durchhaltevermögen und Kraft, aber nicht unbedingt eine rege Fantasie. Wobei Frau Wuzzi sich manchmal nicht sicher war, ob sie da nicht einer menschlichen Logik verfiel.

Als Bella mit der Topnote nach Hause kam, wurde das nur mit einem kleinen Grunzlaut der Mutter quittiert. Die anderen Familienmitglieder waren viel mehr am Fußballspiel interessiert, das gerade im Fernsehen gezeigt wurde. Aber das machte Bella nichts aus, das war okay, sie würde später den Text ihren Puppen vorlesen. Nun mag der eine oder andere das für ein sehr kindisches Verhalten in der achten Klasse halten, aber ich erinnere daran, dass Chimären deutlich älter werden als Menschen, praktisch einige Jahrhunderte, und daher manche Dinge lockerer sehen und sehen können als die bemitleidenswerten Menschen.

Um Punkt vierzehn Uhr stellte Bella ihre Puppen auf, einschließlich der Jennifer-Lopez-Puppe. Sie bildeten einen Kreis um das Mädchen. Bella begann vorzulesen:

Chimären und Mythos

Einleitung

Von unserer mythischen Vorgeschichte ist den Menschen nur wenig bekannt. Sie beschränken sie auf immer dieselben Dinge: den antiken Ursprung des Worts und die Interpretation durch Menschen. Boshaftigkeit und Brutalität wird den ersten wie auch den späteren Chimären nachgesagt. Zu halten ist das nicht, allenfalls durch menschlichen Neid zu erklären. Was Neid ist und wie sich Neid bei Chimären und Menschen unterscheidet, ist ein interessantes Thema, das an anderer Stelle vorgestellt werden sollte, falls nochmals jemand einen Aufsatz schreiben möchte. Im Folgenden schreibe ich über die Mythen, die Chimären selbst über sich berichten. Die Sichtweise der Menschen wäre ein weiteres Thema, das aber schon so oft diskutiert wurde, dass ich es für überflüssig halte.

Hauptteil

Die ersten Chimären waren dreigeteilte Geschöpfe: Den Kopf hatten sie z.B. von einem Vogel, den Oberkörper von einem Wassertier und den Unterkörper von einem Säugetier. Sie schillerten in allen Farben und hatten starke Kräfte, die sie in immer neuen Pseudokämpfen erprobten und ausbildeten.

So lebten sie viele Jahrhunderttausende, wurden immer schöner und immer klüger. Manche von ihnen wurden so klug, dass ihr Denkvermögen die Reflexe überstrahlte und sie somit Essen und Trinken vergaßen. Dann schrumpften sie und rollten in Kugelform durch die Welt, die großen Gebirge hinunter und durch die Seen, bis ihnen klar wurde, dass es so nicht weitergehen konnte. Mit letzter Kraft gab eine solche Kugel dann einen Feuerstoß von sich, um in dessen Wärme die Zellen wieder aufleben zu lassen. Dabei achteten sie sehr darauf, keinem anderen Wesen zu schaden. Dennoch führte es bei den Menschen zu dem Eindruck, sie würden Feuer speien. Königssöhne der Menschen zogen zu Tausenden gegen die Chimären in den Kampf, weil sie sich so ihrer Stärke vergewissern wollte. Die Chimären, die den Menschen damals schon körperlich weit überlegen waren, langweilte dieser Jünglingsstrom. Sie versuchten, es den Jünglingen auszureden, sie bauten Mauern, sie zogen in den Wald, aber nichts half. Schließlich kamen sie darüber ein, einen Jüngling zu töten. Die Techniker der Chimären bauten daraufhin einen überlebensgroßen Pappjüngling, den sie vor den großen Wald stellten. Sie schossen mit Kugeln und großen Feuerbällen auf den Pappjüngling, bis er zusammenbrach. Sie wähnten nun, ihre Ruhe wiedergewonnen zu haben, und gingen zurück in ihre Thermalbäder, um sich der Wonne der heißen Geysire in der Eifel hinzugeben.

Als dies einem König der Menschen mit Namen Lobihrdies zu Ohren kam, begann er ein großes Wehgeschrei und versprach demjenigen, der ihn von den

Chimären befreite, die Hand seiner Tochter. Der bekannte Held Bellefon meldete sich bei dem König, er wolle das Land von den Chimären befreien, würde aber als Preis die ganze Prinzessin, nicht nur eine Hand wünschen. Der König stimmte zu.

Bellefon zog in die Eifel, wo er sich seines Mantels entledigte. Die Tiere des Waldes sahen, dass er selbst eine Chimäre war. Bellefon war einer der wenigen Mensch-Mensch-Chimären, die die Welt je gesehen hat. In der Eifel traf er die allerbuntesten Chimären, Schönheiten, wie er sie noch nie gesehen hatte und neben denen die Prinzessin verblasste. Er berichtete den Chimärentieren von dem schrecklichen Plan des Königs Lobihrdies und dass er ihre Gegenwart bevorzugte. Alle zogen sich zu einer Beratung zurück. Der Drache mit Adlerkopf und Ziegenunterteil, das Schwein mit Wolfskopf und Schwimmflossen, der Wal mit Drachenkopf und Pferdefüßen und viele andere mehr. Sie kamen zu dem Ergebnis, dass in Zukunft nur eines helfe, um sich vor den lästigen Menschenangriffen zu schützen: Sie mussten als Chimären nicht länger erkenntlich sein.

Bellefon durfte sich ein Geschöpf zur Paarung aussuchen. Er wählte eine Gazelle mit Fischkopf und den Krallen einer Elster. Die Kinder dieser Verbindung hatten menschliche Köpfe und Oberkörper, ab der Taille waren sie ein Tier. Dann zog er sich mit seiner Frau und seinen Kindern an einen unbekannten Ort.

Bellefon reiste nach fünfzig Jahren erneut zu den Chimären und stellte seine Kinder vor. Der Rat der Chimären war sehr angetan von der neuen Generation der Chimären und befahl Bellefon, in der Welt Ausschau nach weiteren Mensch-Menschen zu halten, auf dass sich diese weiter vermehren konnten. Bellefon war erfolgreich und kam mit sechs Mensch-Menschen zurück, die weit über die Lande verstreut gewesen waren. Auch die Paarungen der sechs neu gefundenen Mensch-Menschen ergaben Mensch-Tiere. Die alten Chimären, die nicht zur Vermehrung gewählt wurden, zogen sich unter die Oberfläche der Eifel zurück und wünschten den oberirdischen Chimären weiterhin ein schönes Leben in der Welt.

Der König Lobihrdies aber glaubte, Bellefon sei erfolgreich gewesen, denn nach einigen Jahrzehnten war die Eifel frei von Chimären, wie er glaubte. Bellefon hatte das Gerücht verbreitet, dass er im Freudentaumel des Sieges über die Chimären in einen Vulkansee gefallen und ertrunken war.

Der König war zufrieden, seine Tochter blieb unverheiratet. Die sieben Stämme der modernen Chimären aber bevölkerten die Welt und konnten unerkannt friedlich neben den Menschen leben.

Schlussteil

Wie man sieht, unterscheiden sich die Mythen der Menschen hinsichtlich der Chimären deutlich von unserer Mythologie. Es ist eine Eigenschaft der Menschen, nur dann glücklich zu sein, wenn sie als Sieger hervorgehen. Das geschieht unabhängig davon, ob es in ihren Mythen, Fabeln und Sagen ist oder im wirklichen Leben. Der Chimärenrat, der später durch die demokratischeren Chimärenkonferenzen ergänzt wurde, hat immer geraten, unauffällig zu bleiben und den Menschen diesen Glauben an ihre Unbesiegbarkeit zu lassen. Was stört's die Chimäre, wenn ein Mensch sie nicht sehen will, so der Leitspruch des Chimärenratsvorsitzenden des Eifelrats nach Bildung der sieben Chimärenstämme.

***

Handschriftliche Notiz von Frau Wuzzi: „Das hast du sehr schön herausgearbeitet, Bella! Du hast das ewige Wissen der Chimären über ihre eigene Mythologie in beispielhafter Weise zusammengestellt."

Bella sah ihre Puppen erwartungsvoll an. Sie klatschten in die Hände, die Jennifer-Lopez-Puppe gab sogar ein Ständchen zum Besten.

Das Bildungswesen

Die Chimären verfügen über ein straffes viergliedriges Bildungswesen, das alle Chimären durchlaufen, wenn sie das wünschen.

Der Kindergarten ist zwar keine Pflicht, wird aber gerne von Chimärenkindern wahrgenommen, weil sie hier zum ersten Mal andere Chimären in größerer Zahl kennenlernen. Die einzelnen Familien wohnen sonst recht verstreut. Hier werden ihnen Spiele in reicher Zahl angeboten, es gibt Ausflüge mit Picknicks (ein wichtiger Teil des Picknickkorbs ist die Himbeerlimonade), Kletterspaziergänge im Wald und vieles andere mehr. Die Erzieher achten streng darauf, dass hierbei keine Unfälle passieren. Aber die meisten kleinen Chimären können ihre körperlichen Kräfte und Fähigkeiten schon recht gut einschätzen. Den Kindergarten besuchen die Kleinen ab einem Alter von vier Jahren. Dort bleiben sie, bis sie oder ihre Verwandten den Eindruck haben, nun wird es aber doch etwas zu langweilig. Durchschnittlich verbleibt eine Chimäre drei bis vier Jahre im Kindergarten. Es gibt Fälle in den Geschichtsaufzeichnungen, wo die Verweildauer zwanzig Jahre betrug.

Die Grundschule ist möglichst Pflicht. Nur Chimären, die überhaupt keine Lust auf die Basislehrfächer Lesen, Schreiben und Rechnen bis zur Zahl fünfundzwanzig haben, sind davon befreit. Das gibt es zwar immer wieder einmal, ist aber eher die Ausnahme. Denn der Unterricht in der Grundschule bietet neben Lesen und Schreiben Fächer wie Kochen, Tiere erkennen, Verkleiden, Murmelspiele erfinden, Sport (Sitzen, Laufen, Rennen, Springen), Erdkunde (was hier Erd-Kunde im Sinne des Wortes bedeutet, d. h. die Schüler lernen hier die verschiedenen Erdsorten kennen wie Lehm, Sand usw.), Geographie, Biologie und Sozialkunde. In Grundschullehrerkonferenzen werden gelegentlich menschliche Bestrebungen erörtert für den Fall, dass es da etwas abzugucken gibt. In dieser Beziehung sind Chimären völlig uneitel — wenn sie Wissen und/oder Kenntnisse bei jemandem entdecken, das besser ist als ihr eigenes, übernehmen sie das gern. „Wäre doch echt albern, wenn wir auf Schlechterem bestehen, oder?"

So hatte vor kurzem ein etwas eitler Herr namens Ervin Dietz den Begriff Inklusion ins Gespräch gebracht. Herr Dietz ist halb Schnecke und wird bald den Namen Snaylin Kriecher annehmen. Falls die neue neue Namensgebung sich durchsetzt, hatte er jetzt schon den Namen Schorsch Necke beantragt. Während dieser Konferenz hieß er noch Ervin Dietz. Frau Wuzzi kann ihn nicht besonders gut leiden:

„Eitelkeit bei Männern heiße ich willkommen, wer will schon ein stinkiges Dreckschwein neben sich sitzen haben. Aber auch das muss eine Grenze haben."

Bei diesen Worten kicherte sie und alle Kollegen lachten herzlich. Frau Wuzzi verstand es immer wieder, über sich selbst zu lachen, eine Eigenschaft, für die sie allseits geschätzt wurde. Schon als Frau Wuzzi sah, dass Herr Dietz das Wort ergreifen wollte, ließ sie ihr Schweineschwänzchen rotieren, was dem menschlichen Augenverdrehen entspricht, die Rotation hat jedoch den Vorteil, dass es nicht alle sehen. Herr Dietz trug einen strengen Mittelscheitel, einen

Schnurrbart, den er nachts mit einem Spezialhalter festklemmte, und sein Schneckenhaus polierte er, so gingen die Gerüchte, mit Schuhcreme. Niemals wurde er in Freizeitkleidung oder gar als pure Chimäre gesehen. Stets trug er Anzug, Krawatte und eine Weste. Alle bewunderten insgeheim, wie er es schaffte, sein Schneckenunterteil in zwei Schuhe zu pressen und damit einen überzeugenden Gang einzunehmen.

Herr Dietz erhob sich, dabei rutschte die Silikonunterlage auf seinem Stuhl zur Seite. Ein bisschen Schleim trat eben gelegentlich aus. Verwirrt zog er ein riesiges Taschentuch aus der Hosentasche und wischte die Silikonunterlage ab. Frau Wuzzi sah sich um: Alle Kollegen schauten interessiert in ihre Unterlagen oder übersahen diesen Vorfall auf andere geschickte Weise. Sie schien die Einzige zu sein, die kichern musste. „Meine Güte, ich bin eine schlechte Chimäre! Mich so über die Schwächen eines anderen lustig zu machen." Obwohl sie auf diese Weise moralisch mit sich ins Gericht ging, wurde der Kicher-Drang fast unerträglich. Sie zog ebenfalls ein Taschentuch aus der Tasche und presste es sich vor den Mund. Sie biss verzweifelt darauf und zog irritierte Blicke auf sich. „Entschuldigung, Hustenkrampf", röchelte sie und stürzte aus dem Lehrerzimmer. Sie lief stracks zur Toilette, wo sie befreit lachen konnte, bis sie hörte, dass eine Kollegin nahte. Aber da hatte sie sich zum Glück wieder beruhigt und war in der Lage, mit unbewegter Miene zur Konferenz zurückkehren.

Herr Dietz warf ihr einen strafenden Blick zu, als sie durch die Türe kam, was fast wieder einen Lachkrampf bei Frau Wuzzi ausgelöst hätte. Er war mitten in seinem Vortrag über die Inklusion, wie bedeutsam sie doch sei, wie hervorragend das System bei den Menschen funktioniere und überhaupt. Er hatte sein wichtiges Gesicht aufgesetzt. Die meisten Kollegen schauten gelangweilt zum Fenster heraus, einige aßen heimlich hinter einem aufgestellten Buch ein Butterbrot.

Frau Wuzzi ergriff die Kaffeekanne, die vor ihr stand, und goss sich eine Tasse Kaffee ein. Vielleicht würde das ihre Ernsthaftigkeit vergrößern. Sie wollte nicht einschlafen, dagegen half Kaffee fantastisch. Sie nahm das Sahnekännchen und goss sich Sahne ein, dabei beobachtete sie fasziniert, wie Herrn Dietz' Schnurrbart an den Ecken vom Speichel, den er beim Sprechen ausspuckte, aufgeweicht wurde und langsam an den Seiten abwärts rutschte, sodass er einem Walross immer ähnlicher wurde. „Bald könnte er sich Winfried Alross nennen." Fast wäre Frau Wuzzi wieder in den Lachmodus verfallen. Erst zu spät stellte sie fest, dass sie das Sahnekännchen immer noch über die Tasse hielt, die mittlerweile übergelaufen war, die Sahne trat bereits über den Rand der Untertasse. Sie wurde hochrot und wischte mit mehreren

Servietten den See auf, der sich auf dem Tisch gebildet hatte. Einige Kollegen schauten sie an, andere waren wie immer souverän und beachteten das nicht. Allerdings geriet Herr Dietz ins Stottern.

Frau Dr. Agneta Kleinert, eine Mensch-Opossum-Frau und Schuldirektorin, hob langsam ihre Augenlider. „Vielen Dank, Kollege Dietz, für diese anregenden Ausführungen. Ich werde Ihren Antrag auf die Aufnahme der Inklusion ins Curriculum ins Protokoll aufnehmen. Sollten wir einmal feststellen, dass wir Schüler haben, die in die von Ihnen erwähnte Rubrik fallen, greife ich den Punkt wieder zur Diskussion auf."

Herr Dietz nickte, wenn auch offensichtlich enttäuscht. Nur weil es in dieser Schule keine Notwendigkeit für Inklusion gab, war das doch kein Grund, sie nicht einzuführen!

Alle Kollegen erhoben sich von den Stühlen, es war Zeit, in die Klassen zurückzukehren. Frau Wuzzi beobachtete, wie Herr Dietz erneut verlegen die Silikonunterlage abrieb, aufrollte und in seinen Aktenkoffer steckte.

Das Gymnasium wird von Schülern besucht, die als begabt gelten, entweder in der Beurteilung der Lehrer, der Eltern oder der eigenen Bewertung. Diese Bildungsstätte ist dreigliedrig aufgebaut. (1) Ein reiner Chimärenzweig, d. h. hier werden nur für Chimären sinnvolle Themen unterrichtet. (2) Ein reiner Menschenzweig, d. h. hier lernen Chimären, die Menschenberufe ergreifen wollen und daher einen anerkannten Schulabschluss benötigen. (3) Der dritte Zweig, den alle Chimärenkinder besuchen, die noch keine Lust haben, den Schulunterricht gänzlich hinter sich zu lassen, denen es aber ansonsten an Entscheidungsfreude mangelt. Rollo, so hoffte Frau Wuzzi inbrünstig, würde den Menschenzweig besuchen. Er hatte so viel Menschenwissen in den wenigen Jahren gesammelt! Und es war auch wieder einmal Zeit, dass eine Chimäre eine leitende Position in der Menschenwelt übernähme. Das Curriculum des zweiten Gymnasialzweigs wurde unkorrigiert von einem Menschengymnasium kopiert. Logisch ist, dass die entsprechenden Chimärenlehrer ebenfalls eine Menschenlehrerausbildung absolviert hatten.

Das Curriculum des reinen Chimärenzweigs ist durchaus anspruchsvoll. Hier werden Texte aus der Mythologie oder von Chimärenschriftstellern gelesen, Lehrer stellen die Biologie der Chimären vor oder die Schüler studieren die physikalischen Grundlagen der Unterwelt, der vom Ältestenrat der Chimären weiter bewohnt ist. Wer den Abschluss, das Chimärenabitur, erfolgreich ablegt, bekommt eine goldene Urkunde, die er sich zu Hause aufhängen kann. Wer nicht so weit kommt, erhält eine Glitzerurkunde für erfolgreiches Abbrechen der höheren Schulbildung.

Universität: Wenn Chimären mit Abitur glauben, sie seien noch immer nicht gebildet genug, besuchen sie die Universität. Am beliebtesten ist übrigens die Mensa mit ihrem vorzüglichen Essensangebot. An zweiter Stelle auf der Beliebtheitsskala steht die Bibliothek: ein großer Raum mit riesigen Fenstern auf der einen Seite, in der Mitte stehen Tische und Stühle, die für alle Tierarten zum Sitzen geeignet sind, und natürlich Regale voller Bücher. An der rechten Seite gibt es eine Fernleihe, in der man vor allem Menschenbücher bestellen kann. Die Tische sind mit Laptops ausgerüstet, die mit dem Chimärennet verbunden sind.

Es werden regelmäßig, d. h. einmal in der Woche, Vorlesungen oder Seminare angeboten. Die Professoren geben kurz vorher bekannt, für welches Thema sie sich derzeit interessieren. Die Studenten können sich dann dazu anmelden, die Anmeldefrist endet zehn Minuten nach Beginn der Vorlesung bzw. des Seminars. Prüfungen gibt es auch, aber dazu liegen keine einsehbaren Unterlagen vor.

Der Studienabschluss ist aufgeteilt in: Magister, Meister, Diplom und Doktor. Magister und Meister sind gleichwertig, der Student kann sich aussuchen, ob er sich für stärker praktisch oder stärker theoretisch begabt hält. Sodann muss er eine schriftliche Arbeit verfassen oder etwas Praktisches herstellen. Diplom und Doktor bauen ausschließlich auf den Magister auf. In Einzelfällen können Studenten einen Antrag einreichen, dass sie direkt promovieren oder diplomieren. Die Prüfungen bestehen aus einem theoretischen, schriftlichen Teil und einer mündlichen Prüfung. Für Studenten mit Prüfungsangst gibt es spezielle Beruhigungskammern. Wenn ein Student unbedingt durch die Prüfung fallen möchte, muss er das eine Woche vorher bekanntgeben.

Wer dann vom Lernen noch immer nicht genug hatte, bewirbt sich um eine Professur. Wird in dem genannten Fach gerade jemand gesucht, verfasst der Bewerber eine These von mindestens zwanzig und höchstens einhundert Seiten. Diese Arbeit wird in die Hochschulbibliothek aufgenommen. Wird im gewünschten Studiengang niemand gesucht, verfasst der Professorand eine These von mindestens sechzig und höchstens hundertfünfzig Seiten. Nach einer mündlichen Prüfung bei Kaffee, Tee und Plätzchen erhält er den Titel „Privatdozent", dazu eine Platinurkunde, die er bei sich zu Hause aufhängen kann.

Neue neue Namensregelung

Laut der neuen neuen Namensregelung, die Ende 2018 in Kraft trat, kann die Chimäre wählen zwischen einem Menschennamen und einem chimärentypischen Name. Letzterer wird empfohlen. Er wird aus dem Tierteil der Chimäre gewonnen. Der erste Buchstabe des Tiers dient als erster Buchstabe des Vornamens. Der Rest der Tierbezeichnung steht ohne weitere Veränderung als Nachname fest. Unkomplizierte Beispiele sind Natalie Ilpferd, Ute Hu, Frieder Alke, Marianne Arder, Frederike Eldmaus, Erika Ule & Ernst Ule, Renate Egenwurm, Fatima Asan, Ferdinand Aultier, Fallon Ink, Luise Eguan, Ali Lpaka usw.

Probleme mit Verwechslungen kann es geben, zum Beispiel bei Erika und Erich Ule, die möglicherweise nicht näher als über fünfundachtzig Ecken verwandt sind. Dann gibt es Tierbezeichnungen, die nach diesem System unaussprechliche Nachnamen ergeben. Wer will Frau Ltis sprechen? Auch Sebastian Chwein kommt sich merkwürdig vor. Hier wandelt der Betroffene entweder einen weiteren Buchstaben in einen zusätzlichen Vornamen (Ingrid Luise Tis) oder aber es werden gleich zwei Buchstaben zusammengefasst (Ilse Tis, Ali Paka). Wer mag, kann auch die ‚einfacheren' Namen auf diese Weise gestalten, um mehr Abwechslung ins Leben zu bringen.

Um eine Hilfestellung mit auf den Weg zu geben, folgen einige Namen, die bei Chimären schon beurkundet sind:

Heinrich Uhn, Anna Margret Sel und Amelie Sel, Wiltrud Aschbär, Luise Edelgard Guan und Levent Guan, Schezad Wan, Karin-Rosalinde Okodil, Adalbert Ler und Anne-Dora Ler, Wendolin Ildschwein, Igor Gel, Eleonore Ster, Penelope Udel, Melinda Erkatze, Kirsten Atze, Otfried Ter Christian Inchilla, Blobbo Utegel, Pjotr Apagei, Karl Rebs, Ludwig Aus, Felizitas Loh, Michael Urmeltier, Hans Ering, Gustav Orilla, Daniel Ludwig Maltiner, Erdogan Männchen, Gustavo Ecko, Vera Ogel, Ludwig Öwe, Terhan Ermite, Blanche Auval, Dagobert Obermann, Ottokar Zelot, Sylvia Pinne, Willi Aran usw. Am Ende des Buchs ist eine Seite frei für weitere Vorschläge.

Politisches Gefüge

Chimären verfügen über Spiegelregierungen, Spiegelräte und -senate, Spiegelkanzler, Spiegelkönige usw. Man könnte behaupten, dass auch die Bezeichnungen Spielregierungen, Spielräte und -senate, Spielkanzler und Spielkönige korrekt sind. Chimären zeigen im Großen und Ganzen kein ausgesprochenes Interesse fürs Regieren, sie sind eher Einzelgruppler. (Dieser Begriff bezeichnet eine Gesellschaftsform, die vorwiegend aus kleinen zusammengehörigen Gemeinschaften besteht.) Weil sie aber die Menschen beobachten und einiges annehmen, anderes zu ihrem eigenen Amüsement aufnehmen, also ‚spiegeln‘, spielen sie diese Posten. Dabei entwickeln sie große Ernsthaftigkeit und führen im Senat erbitterte verbale Auseinandersetzungen. Diese Diskussionen werden live übertragen. Menschen haben wohl eher kein Verständnis dafür, warum die chimärischen Fernsehzuschauer sich regelmäßig vor Lachen über eine Stuhllehne beugen müssen, damit ihnen nicht übel wird. Denn die Menschen ahnen nicht, dass sie karikiert werden.

Wer nun glaubt, Chimären liefen kopflos durch die Gegend wie aufgescheuchte Hühner im Stall, irrt[1]. Sie haben eine Führung, die manchmal mit der Spiegelführung übereinstimmt und manchmal nicht.

Wie wird eine Chimäre Mitglied dieser Führung? Dazu gibt es so viele unterschiedliche Dokumente, dass sich bei der Recherche der Eindruck festigte, dass Chimären absichtlich die unterschiedlichsten Gerüchte über ihre Führung verbreiten, weil sie dies bevorzugt diskret behandeln. Dennoch vermute ich, dass eine Spitze der Hierarchie in der Eifel unter der Erde sitzt, im Chimärenrat. Ein Chimäreninformant vertraute mir an, dass die Chimären sich wegen ihrer unerkannten Involvierung in die menschliche Gesellschaft schon so viele Regel und Gesetze einprägen müssen, dass sie sich weigern, das eigene Zusammenleben genauso straff zu regulieren.

„Wir wissen doch, was zu tun ist und was nicht", erläuterte Frau Wuzzi in einem Interview mit der Daily Chimera. „Das heißt leider nicht, dass alle sich daran halten. Vor allem die Jugend erprobt ihre Grenzen." Bei diesen Worten drohte sie mit dem Zeige-

---

[1] Immer wenn dieser Vergleich kommt, wird Heide Uhn ein wenig säuerlich und lacht nicht mit.

finger scherzhaft in die Kamera, wohlwissend, dass all ihre Schüler und Kollegen die Sendung verfolgten.

Langweilen sich Chimären auf einer Party oder einer Zugfahrt, suchen sie sich etwas zum Lachen. Die Gesetzbücher der Menschheit dienen immer als bravouröse Grundlage. Jede Chimäre hat mindestens ein Strafgesetzbuch auf dem Nachtisch liegen, falls sie mal in eine weinerliche Stimmung fallen sollte. Spätestens nach einer Seite brechen sie in unhaltbares Gelächter aus. Bei Einschlafschwierigkeiten wählen sie einen dicken Band politischer Kommentare, um anschließend in einen wohltuenden tiefen Schlaf zu fallen.

Chimären neigen ähnlich wie Menschen in der Pubertät zu extremen politischen Überzeugungen. Dazu gehören regelmäßige Rufe nach einem König und einer basisdemokratischen Ausrichtung. Werden die Jugendlichen befragt, wie sie sich dieses System genau vorstellen, sind sie leider immer gerade kurzfristig verabredet oder müssen dringend zu ihrer Oma, die schon den ganzen Tag auf sie wartet.

Am 1. Mai organisieren die Gewerkschaften regelmäßig Demonstrationen, die in Sprechchören die Abschaffung der Monarchie fordern. Eine Chimäre, die nach dem Zufallsprinzip ausgewählt wird, tritt gegen sechzehn Uhr auf eine Rednerbühne vor dem Rathaus und gibt eine Erklärung ab:

„Auf Wunsch des Volkes trete ich heute von meinem Amt als König zurück. Ich übergebe die Regierungsgeschäfte an eine Übergangsregierung aus Präsident, Kanzler und sechs Ministern."

Unter dem Jubel und Johlen der Menge begibt sich der abgedankte König in ein Festzelt, wo alle zusammen dem Obstsaft huldigen, wozu auch Bier zählt. Da linksextreme Chimärendamen immer wieder lautstark nach einer Königin rufen, hat der Chimärenrat beschlossen, dass die Abdankungszeremonie im nächsten Jahr von einer weiblichen Chimäre übernommen wird. (Der Verfasserin liegt eine Erklärung von Frau Wuzzi vor, dass sie diesen Part keinesfalls übernehmen wird.)

Aus diesen wenigen Angaben scheint mir ersichtlich, dass der Chimärenrat eine gewisse Weisungsbefugnis hat oder zumindest Vorschläge unterbreitet, die gern übernommen werden.

Die menschlichen Regierungssysteme halten die Chimären für eine Art überdimensionalen Karneval. Deshalb ahmen sie entsprechende Veranstaltungen gern nach. Wahlreden sind beliebte Festivals. Wenn berühmte Redner und Rednerinnen auftreten, sind Hotels und Pensionen schon Monate vorher ausgebucht. Wahlsonntage sind Chimären angenehmer als Wahltage in der Woche, weil sie sonst ihrer Arbeit fernbleiben müssen. An den Wahlsonntagen verkleiden sich Chimären, es ist wie ein riesiger Opernball.

In ihren Verkleidungen imitieren sie Menschen, die sie aus Film und Fernsehen oder aber aus dem persönlichen Umfeld kennen. Das Highlight der letzten Veranstaltung war Frau Wuzzi, die als Bäckereiverkäuferin auftrat.

Kriminalität und Strafvollzug

Kriminalität ist in der Chimärenwelt ebenfalls ein bedeutsames Thema. Allein schon deshalb, weil die Chimären sonst traurig wären, dass es ein Thema in den Menschenmedien gibt, das sie nicht teilen können.

In einem Radiointerview (Westchimärischer Buntfunk, 3. Juli 2017) erklärte Jeffery Kolatka, später bekannt als Zacharias Obel:

„Grundsätzlich wissen wir, was richtig und was falsch ist. Dennoch ist es ganz normal, dass auch bei uns z. B. gestohlen wird. Wie oft aber habe ich schon beobachtet, dass der entsprechende Dieb anschließend dreizehn bis fünfundvierzig Monate das Haus nicht verlässt, er sich somit selbst eine Gefängnisstrafe gibt."

Da nicht alle so selbstverantwortlich handeln und denken, gibt es Gefängnisse, Kerker, Zuchthäuser, Verliese und Spielhöllen. Je nach Schwere des Verbrechens wird dem Schuldigen eine Strafe in einer dieser Anstalten verordnet. Die Zeit, die es abzusitzen gilt, schwankt zwischen einigen Tagen und mehreren Jahren.

Die leichtesten Fälle, wie das Verbreiten boshafter Lügen über Nachbarn, Stehlen von Küchengütern wie Küchenhandtüchern und Kaffeelöffeln usw., landen im Gefängnis, wenn sie nicht mit einer Geldstrafe davonkommen möchten. Die meisten Verurteilten bevorzugen eine Gefängnisstrafe, weil sie dann Ruhe vor ihren Verwandten haben, die ihnen sonst tagelang in den Ohren liegen, dass sie sich endlich bessern sollen. Diese Art Missionsgeist ist vielen Chimären zu eigen.

Kerker gibt es für das Zuwiderhandeln gegen öffentliche Vorschriften. Öffentliche Vorschriften sind jedermann bekannt, sie müssen nicht speziell in Büchern und Urkunden festgelegt werden. Die aufsässigen Verbrecher behaupten zwar immer, dass sie zum Beispiel nicht wussten, dass sie einen Zebrastreifen nur in geraden Minutenzahlen überqueren dürfen und daher, wie von einer Polizeistreife anhand von Fotos dokumentiert, verbotenerweise exakt um 10:15 Uhr die andere Straßenseite ansteuerten. Aber damit kommen sie bei Gericht nicht durch! Kerker sind im Gegensatz zu Gefängnissen weniger komfortabel ausgestattet. Keine Marmorböden, keine Garantie auf einen Ausblick auf Wälder und Seen, keine Büffetauswahl beim Frühstück, nur drei verschiedene Menüs für das Mittagessen. „Das ist ja hier wie in einem Gefängnis!" hört man die anspruchsvolleren Verurteilten dann gelegentlich schimpfen. Die Wärter schauen sich dann an, wenden ihren Blick gelangweilt zur Decke. Sie wissen: Da hat wieder jemand zu häufig die menschlichen Sender und deren Gefängnisserien oder Kriminalfilme geschaut. Da schnappen sie dann kleine Sätzchen auf und bringen sie an, wenn es ihnen passt. Der oder die Verurteilte muss dann eben in dem Jahr der Verurteilung einen Teil seines Urlaubs im Kerker verbringen.

Zuchthäuser sind schwerem Diebstahl und leichten Tätlichkeiten vorbehalten. Da muss der eine oder andere schon aufpassen, wenn er sich beim Nachbarn den Rasenmäher leiht und ihn nicht innerhalb von siebenundsechzig Tagen zurückbringt. Denn siebenundsechzig Tage ist die Zeit, nachdem Entliehenes als schwerer Diebstahl zählt. Der Begriff der leichten Tätlichkeiten ist abhängig vom Angegriffenen. Einer Mensch-Schnecke ein Bein zu stellen, ist keine Tätlichkeit, sie fällt ja weich. Einem Ferkelchen in den Ringelschwanz zu greifen, ist hingegen eine solche leichte Tätlichkeit. Ferkel, Schweine und Eber benutzen ihre Ringelschwänze zur Kommunikation untereinander oder zum Ausdruck menschlicher Gefühle: Ich erinnere hier an Frau Wuzzi, die ihr Schwänzchen in einem Augenblick rotierte, wo ein Mensch die Augen verdreht hätte.

Die Einrichtung der Zuchthäuser entspricht den Kerkern. Der Unterschied besteht in der Beschäftigung bei Tag. Während Kerkerinsassen frei über den Tag verfügen können, solange sie sich nicht vom Kerkergelände entfernen (in der Regel eine Fläche von zehn Hektar), dürfen Zuchthäusler in der Zeit von neun Uhr bis elf Uhr vormittags und von zwei bis drei Uhr nachmittags nicht einmal das Zuchthaus verlassen. Stattdessen müssen sie an einem der angebotenen Kurse und Seminare teilnehmen. ‚Stärkung des Gemeinschaftssinns‘, ‚Abbau von nachbarlichen Aggressionen‘, ‚Basteln mit Groß- und Urgroßeltern‘, oder auch ‚Lesen erbaulicher Lektüre‘ sind Beispiele für diese Kurse und Seminare. Auch Zuchthäusler, die sich anfangs mit Händen und Füßen (so sie über welche verfügen) gegen diese Teilnahme wehren, finden sich bald in ihr Schicksal. Nicht gerade selten hören wir von Fällen, wo Straftäter nach ihrer Zeit im Zuchthaus ihre Mitchimären ständig mit ihrem neu gewonnenen Wissen belästigen.

Verliese sind noch einmal deutlicher karger in der Ausstattung. In einzelnen, alten Verliesen soll es sogar Zweibettzimmer geben, die nur über eine einzelne Nasszelle verfügen. Auch gibt es mittags keine Menüauswahl, Vegetarier bekommen durchweg Vanillepudding, wenn sie auf dem vegetarischen Essen bestehen. Die Verliese befinden sich unterhalb von den Kerkern, man könnte sie daher Souterrain-Kerker nennen.

Dementsprechend unzureichend ist die Aussicht, weil die Fenster sich nicht immer in entsprechender Höhe befinden. In ein Verlies kommt der Strafgefangene, wenn drei Gerichte ihn für schuldig befunden haben, einen schweren Diebstahl oder eine mittelschwere Tätlichkeit begangen zu haben. Ein Diebstahl ist schwer, wenn das Gewicht des Diebesgutes drei Zentner überschreitet. Eine mittelschwere Tätlichkeit bedeutet, dass eine Chimäre der anderen vor die Füße gespuckt oder sie gegen ihren Willen geschubst hat.

Die wirklich schweren Jungs und Mädels kommen in die Spielhöllen. Bei Mord, Raub, Entführung, schwerer Lüge und Betreten der Duschkabine mit dreckigen Schuhen verdonnert das Gericht den überführten Täter zu mindestens einem Jahr Spielhölle. Wer anfangs denkt: „Oh, eine Spielhölle, dafür erschlage ich doch den nächsten Juwelier gleich auch noch!", begibt sich auf gefährliches Pflaster. Chimären spielen mit Begeisterung, wie wir schon im Kapitel über die Politik gelernt haben. Daher ist das Paradies eine Spielhalle. Kommt man jedoch in eine Spielhölle, so sieht man in allen Ecken und in der Mitte der Räume grandiose Spiele. Verkleidungen liegen bereit, Automaten locken mit herrlichen Klängen und dem Geklimper von Münzen, auf drei mal vier Meter großen Bildschirmen laufen die wunderlichsten Computerspiele. Ein neu eingelieferter Sträfling wundert sich anfangs über den gequälten Ausdruck seiner Mitgefangenen, bis er lernt, ja, am eigenen Körper er-fährt, dass eine Glaswand mit Frostrinne ihn davon abhält, an diesen Spielen teilzunehmen. Dieses länger als ein Jahr auszuhalten, bedeutet für jede Chimäre eine Charakterreinigung. Es gibt Berichte von jungen Chimären mit vollem dunklem Haar, die nach einem halben Jahr die Strafanstalt mit schlohweißem Haar und Falten im Gesicht verließen. Zur Abschreckung werden für Kindergärten und Schulen Führungen durch Modell-Spielhöllen angeboten. Viele vormals gefährdete Jugendliche finden danach den Weg zum richtigen Leben, ohne jemals wieder vom rechten Pfad abzuweichen.

Estefania Kaufmann (später Stefanie Orch) ist Spezialistin für Kriminalstatistik und weiß Positives zu berichten. Die Entwicklung der Kleinkriminalität hat zwar eine Tendenz nach oben, aber „wirklich schwere Jungs treffen wir bei uns nicht so häufig an wie in anderen Zivilisationen" (Ziegen-TV, März 2018, in der Talkshow „Aljoscha spricht mit Promi-nenten").

Mitarbeiter der Justiz

Polizisten, Kriminalbeamte, Richter, Gerichts-protokollanten, Gerichtsdiener, Staatsanwälte, Ver-teidiger, Schöffen – dies alles sind Posten, die in der

Chimärenwelt hochkarätig besetzt werden, von der untersten Karrierestufe bis hoch oben auf die Leiter.

Polizisten haben es ein wenig schwer. Da sie ohne Führerschein durch die Arbeitswelt kommen müssen, wird die Verfolgung Verdächtiger mitunter zu seinem anstrengenden Marathon per Fahrrad. Die Bewerber für den Polizeidienst nehmen es daher gelassen, dass Mensch-Schnecken nicht in die engere Auswahl kommen und Mensch-Gazellen, Mensch-Antilopen und Mensch-Geparde von allen die besten Aussichten haben, einen der vielbegehrten Jobs zu ergattern. Bei allen anderen Mitarbeitern des Justizsystems herrscht keine Kriminierung. Kriminierung ist so ein typisches Chimärenwort. Die Chimären wissen, dass gewissen Mensch-Tier-Kombinationen einige Eigenschaften fehlen, die sie zur Ausübung eines Berufs benötigen, der ihnen dadurch verwehrt ist, so sehr sie auch davon träumen mögen. Wenn in einer Annonce steht, dass Mensch-Schnecken sich nicht bewerben dürfen, da Geschwindigkeit erforderlich ist, so wird dies als Kriminierung, sinnvoller Ausschluss, bezeichnet.

Auch bei den Chimären gibt es einzelne Autofahrer. Sie kaufen aufwändig umgebaute Modelle, passend zu ihrem Unterteil. In die Menschenwelt sollten sie damit nicht kutschieren. Es liegt auf der Hand, dass der Erwerb des Menschenführerscheins z. B. mit Hufen unmöglich ist. Das dafür erforderliche Schuhwerk würde auffallen. Für solche umgebauten Kraftfahrzeugmodelle ist der Staatsapparat nicht willens zu zahlen. „Wir holen doch unsere Ganoven auch so ein, wir haben viele Mitarbeiter mit kräftig muskulösen Schenkeln!" soll eine leitende Staatsbeamtin aus dem Justizbereich mit laszivem Augenaufschlag gesagt haben.

Viele Mitarbeiter des Justizstabs bezeichnen sich als „Beamte", ohne sich Gedanken darüber zu machen, was ein Beamtenstatus bedeutet, den es bei den Chimären nicht gibt. „Es klingt aber doch deutlich überzeugender, wenn ich als Berufsbezeichnung Kriminalbeamter angebe statt Kriminaler." Da nickten alle Zuhörer spontan. Aus der Menge kam eine Gegenstimme: „Ich bin als Polizist genauso wichtig wie als Polizeibeamter!" „Genau, und ein Staatsanwalt wird auch nicht als Staatsanwaltsbeamter ins Gericht gerufen!" warf eine andere, schrille Stimme ein. Bezahlt werden die Staatsbeamten logischerweise vom Staat, was sich problematisch darstellt, da es keinen Chimärenstaat gibt. Keiner dieser Beamten und Angestellten weiß so recht, woher sein Geld am Ende des Monats kommt. Aber warum nachfragen? Hauptsache, man rutscht auf dem Konto nicht in die Miesen. Wenn das Gehalt mal einen Monat nicht reicht, können sich Beamte von den Bürgern für ihre Serviceleistungen zusätzlich mit Naturalien bezahlen lassen. Ein Menschenkenner empfahl, nichts über dieses System bei den Menschen durchsickern zu lassen, da gäbe es sofort wieder Gerede über Korruption. „Korruption? Lächerlich! Nur weil mir so ein Meisterdieb einen Sack mit Lebensmitteln vor die Tür stellt, werde ich ihn doch nicht milder bestrafen."

Einem Chimärengericht sitzt ein Richter vor. Das haben sich die Chimären von menschlichen Fernsehserien abgeschaut. Aus demselben Grund sitzen dort Staatsanwalt und Verteidiger, meist in friedlichem Beieinander mit den Angeklagten. „Nur weil jemand eines Verbrechens angeklagt ist," wurde einmal ein berühmter Staatsanwalt zitiert, „muss ich doch meinen Freund nicht von der reich gedeckten Tafel ausschließen, dessen großzügige Bestückung er in den meisten Fällen selbst bezahlt hat!" Damit die Gerichtssitzungen nicht zu lange dauern, man hat ja schließlich noch wichtige Dinge im Leben zu erledigen, sprechen die Beteiligten vorher den Verlauf der Verhandlung kurz ab. Schwierig wird es nur, wenn übereifrige Schöffen dabei sind. „Schöffengerichte sind eine Plage für die Justiz, wann werden sie endlich wieder abgeschafft?", so ein leitender Staatsanwalt in einer Geheimsitzung. Schöffengerichte wurden vor einigen Jahren eingeführt, weil es so viele menschliche TV-Sendungen mit ihnen gab. Schnell wurde erkannt, dass es ein Irrtum war, das auf das Chimärensystem zu übertragen, aber da war es schon zu spät. Einige Schöffen verstanden sofort, worum es ging, als sie beim Vorgespräch die reich gedeckte Tafel entdeckten. Die Übereifrigen sterben aber nie aus, also gibt es immer mindestens einen neu benannten Schöffen, der sich nicht mit an den Tisch setzt: „Wo bin ich denn hier? Wo bleibt denn hier mein unbeeinflusstes Urteil?" Solche Schöffen können oder wollen es nicht akzeptieren, dass ihr Vorsitzender am Ende doch meist für unschuldig plädiert. Sie verlangen Zeugenbefragungen, das Vorlegen von Indizien, ja, insgesamt eine faire Gerichtsverhandlung.

Einmal beugte sich ein alter Richter vor, die Weißhaarperücke saß ihm schräg auf dem Schädel. Er hatte das von englischen Serien abgeschaut. „Ich entscheide doch sowieso, was mit den Angeklagten wird. Warum die Dinge unnötig komplizieren?"

Um Richter, Staatsanwalt oder Verteidiger zu werden, muss man vier Jahre Jura an der Menschenuniversität in Heilbronn und weitere zwei Jahre an der Chimärenuniversität, legislatorische Fakultät, studieren. Daran schließt sich eine Referendariatszeit an, die je nach Begabung zwischen zwei und zwanzig Jahren dauert. Ein Aufstieg in den höheren Dienst ist nach zehn Amtsjahren möglich. Wer diesen Umweg zu langwierig findet, bewirbt sich ohne die erwähnte Ausbildung bei einem Fernsehgericht um den betreffenden Job. In einem Gespräch mit einem leitenden Regieassistenten muss der Bewerber dann zeigen, dass sein Gewissen auf dem rechten Fleck ist.

Guck mal da!

Porcina Wuzzi und ihre Freundin Geneva Körber trafen sich mindestens einmal in der Woche zu einem gemeinsamen Spaziergang. Gerne spazierten sie durch den Park. Geneva war eine Mensch-Wildschwein-Dame, d. h. die beiden hatten recht viele Gemeinsamkeiten. Sie konnten Kleidung tauschen, weil sie die gleiche Größe trugen, und wussten, wie es ist, wenn Menschen über Schweine reden. Wie abfällig das doch meist war! Wenn sie zusammen lustwandeln, häufig mit einem Eishörnchen in der Hand, passiert es gelegentlich, dass sie hören, wie Menschen sich anschreien: „Du dumme Sau!" Dann schauen sie sich vielsagend an und lächeln. Eines Tages gingen zwei Schulkinder an ihnen vorbei: „Meine Güte, du hast eine Zwei in dem Aufsatz bekommen? Da hast du aber wirklich Schwein gehabt!" Porcina und Geneva zwinkerten sich zu. Immerhin, das war eine positive Aussage! Und überhaupt war das Schwein beim Menschen im Gegensatz zu Tieren wie Opossum oder Ringelnatter allgemein bekannt. Über manche Aspekte des menschlich-schweinischen Zusammenlebens hüllen sie lieber ein Tuch des Schweigens und meiden Wörter wie „Schlachter" und „Metzgerei".

Im Winter gehen sie schon mal zusammen Eislaufen, weil es ihnen im Park zu langweilig ist: Keine Eichhörnchen, die von Baum zu Baum huschen, kein

Vogelgezwitscher, die Enten haben sich versteckt, die Schwäne ebenso, Füttern ist daher nicht möglich. Gerne besuchen sie auch das Waldcafé mit seiner köstlichen Auswahl an Torten und Kuchen.

Beide Damen sind aufgrund ihrer schweinischen Natur um die Hüften breiter aufgestellt als Menschen oder Mensch-Gazellen. Einmal beim Eislaufen machte so ein junger Bursche eine vermeintlich hässliche Bemerkung über sie: „Meine Güte, dreht doch mal euren fetten Schweinearsch aus dem Weg!" Die beiden sahen sich an, ließen sich auf das Eis fallen mit besagtem Hinterteil und brachen in schallendes Gelächter aus. Sie bekamen kaum noch Luft vor lauter Lachen. Der junge Mann war irritiert, denn er hatte in seinem Anfall schlechter Laune gehofft, die beiden furchtbar zu beleidigen. Nun saßen sie da auf dem Eis und keuchten vor Lachen! Er verließ die Eisbahn und fühlte sich mies. Warum nur hatte er die Tendenz, andere zu beleidigen, wenn er selbst schlecht drauf war? Unwissentlich hatten Porcina und Geneva ihm eine kleine Lektion erteilt.

Neben spazieren gehen, Eichhörnchen zuwinken, Schwäne füttern, ins Waldcafé einkehren oder Eislaufen gehört die Beobachtung von Menschen zu den Lieblingsbeschäftigungen der beiden Freundinnen. Hier können sie die neueste Mode bestaunen. Modische Kleidung muss man in den Geschäften der Menschen kaufen, obwohl sie mit ihrer Größe oder eher

Breite nicht immer Stücke der neusten Modetrends erwerben können. Aber das macht ihnen nichts aus. Einmal waren sie in einer Boutique, weil dort ein wunderschöner Hosenanzug im Fenster zu sehen war. Geneva hatte ein Auge darauf geworfen, Porcina warnte sie gleich: „Du weißt doch, in diesen Boutiquen können wir kaum etwas finden, weil Menschen so eine merkwürdige Vorstellung davon haben, was man mit gewissen Figuren tragen darf oder nicht." „Egal", war Genevas Antwort, „Fragen kostet nichts!" Selbst die größte Größe, die verfügbar war, bekam Geneva nicht über die Oberschenkel hoch. Beide kicherten. Hier hatte man mal wieder keine Ahnung, was eine propere Figur ist.

Während sie noch andere Sachen anschauten, hörten sie ein leises Schluchzen aus einer Ankleidekabine. Die beiden sahen sich an. Oh, wie traurig, eine Boutique soll doch Freude und Spaß bereiten. Porcina schaute über die Zwischenwand. Auf dem Stuhl in der Kabine saß ein junges Mädchen, das offenbar Gefallen an einem roten Rock gefunden hatte. Es trug ihn noch, aber der Reißverschluss war geborsten. Porcina winkte Geneva herbei und beide schauten auf das schluchzende Mädchen.

„Huhuhuuu", sagte Porcina. Das Mädchen schaute hoch und fing noch schauerlicher an zu schluchzen. Porcina ging durch die kleine Vordertür in die Kabine. „Nun hör doch auf zu weinen!" – „Aber ihr macht euch über mich lustig, und mir geht's schon mies genug", und dann babbelte sie ein paar unverständliche Sätze. Geneva sah sie mitleidig an. Was man so als Menschenfrau alles mitmachen musste, sie las in den Beauty-Journalen häufig davon. Porcina kniete sich vor das Mädchen und strich ihr über die Haare. „Wir lachen überhaupt nicht über dich. Komm mal her", und damit drückte sie das Mädchen an sich, das sich voll in die Umarmung fallen ließ. „Ich habe den Rock ruiniert, den muss ich bezahlen, und dann habe ich gar kein Geld mehr, und ich brauche doch was Hübsches für den Abschiedsball, huuu, huuu", heulte sie wieder wie eine Heulboje der Sonderklasse. „Ich bin einfach zu fett für schöne Kleidung!"

„Ach, du dummes Ding, was redest du für einen Unsinn. Es gibt so viele schöne Sachen, Dirndl oder Faltenröcke, es muss doch nicht dieser schreckliche rote Rock sein, oder?"

„Dirndl? Igitt, ich bin doch kein Mädel vom Dorf, im Dirndl lachen mich alle aus und Faltenröcke trägt man schon lange nicht mehr."

Porcina und Geneva tauschten erstaunte Blicke. Ihre Kleiderschränke waren voll mit Dirndln und Faltenröcken in allen Farben und sie fanden daran nichts zu bemängeln. Dabei waren ihre Hüften deutlich breiter als die des jungen Mädchens. „Du bist überhaupt nicht fett, du bist doch ganz normal. Komm, geh und bezahl den Rock, das muss wohl sein, aber vielleicht können wir mit der Verkäuferin verhandeln. Und dann zeigen wir dir einen Laden, wo du richtig schöne Sachen bekommst." Das Mädchen schaute zweifelnd von einer zur anderen. Die beiden waren ausgesprochen nett zu ihr, aber ob die wussten, so wie sie aussahen, Tonnen in Faltenröcken, wo es etwas Hübsches gibt? Aber es hatte keine Wahl und nickte.

Geneva, die resolutere der beiden Freundinnen, ging stracks zur Theke. „Unsere junge Freundin hier hat einen Ihrer Röcke probiert, ihr ist ein Missgeschick passiert. Aufgrund der miserablen Verarbeitung hat der Reißverschluss geklemmt, sie hat in Panik daran gezogen und er ist entzweigegangen. Natürlich wird sie den Schaden ersetzen. Aber wir fragen uns, ob sie wirklich den ganzen Rock mit seinen 120 Euro bezahlen muss oder ob es nicht reicht, wenn sie die Kosten für die Reparatur übernimmt? Ein neuer Reißverschluss nebenan in der Änderungsschneiderei kostet sicher nicht die Welt, oder? Was meinen Sie?" Geneva, die sich als Krankenschwester oft mit unwirschen Patienten herumschlagen muss, kann sehr bestimmt bis bedrohlich auftreten.

„Öhm, ja, dann zeigen Sie mir bitte den Rock." Porcina holte ihn hinter dem Rücken hervor und lächelte die Verkäuferin an. So als Duo, eine sehr bestimmt, die andere zuckersüß, waren sie in der Regel erfolgreich.

Die junge Frau hinter der Theke warf einen flüchtigen Blick auf den Reißverschluss. „Ja, also ich weiß nicht ..." Geneva riss ihr den Rock aus der Hand: „Wissen Sie was, ich frage selbst nebenan einmal nach, was die Reparatur kostet!" In der Änderungsschneiderei arbeitete eine Freundin der Kusine ihrer Mutter, eine Mensch-Otter-Frau. Sie hatte schnell einen guten Preis mit ihr ausgehandelt.

„Achtzehn Euro will sie für die Reparatur, die junge Damen wird ihnen zwanzig geben, dann dürfte das doch wohl in Ordnung sein, oder?" Die Verkäuferin traute sich bei diesem resoluten Paar nicht länger, Einwände zu erheben, und nickte stumm. Das Mädchen bezahlte.

Porcina und Geneva nahmen das junge Mädchen in die Mitte. „Wie heißt denn du? Ich heiße Porcina, und zu deiner linken, das ist meine Freundin Geneva."

„Ich heiße Gundula."

„Gundula? Das ist ein recht seltener Name heutzutage. Ich finde ihn wunderbar, er klingt wie Musik in meinen Ohren. So und guck mal, da, da ist ein Laden mit richtig schönen Sachen!!"

Gundula war zwar nicht ganz so begeistert von der Auswahl, wie Porcina und Geneva das erwartet hatten, aber nach einigem Stöbern fand sie doch ein Kleid, das ihr passte, ihr gefiel und sogar heruntergesetzt war. „Können wir dich noch auf einen Becher Kakao einladen?"

„Ich trinke keinen Kakao, ich bin doch kein Baby mehr. Aber eine Cola, das wäre toll."

Gundula bekam ihre Cola, Porcina und Geneva einen Becher Kakao und so gingen sie noch gemeinsam ein bisschen im Park spazieren.

Dann war es Zeit für Gundula, nach Hause zu gehen. „Vielen Dank euch beiden nochmal, das war echt meganett von euch."

„Das haben wir doch gern getan! Und viel Spaß auf deinem Abschlussball."

Die beiden Freundinnen gingen noch eine Weile durch den Park und wunderten sich über die Menschen. „Die machen ständig Probleme, wo gar keine sind. Würdest du unbedingt einen engen roten Rock tragen wollen?"

„Um Himmels willen, selbst ein roter Faltenrock wäre mir wohl zu grell. Aber so ein Dirndl in Rot mit weißen Blümchen, da würde ich nicht nein sagen."

„Guck mal da!", sagte ein kleiner Junge zu seiner Mutter, „die beiden Tanten da hinten, die haben echt viel Spaß." – „Wen meinst du?" – „Na, die beiden da hinten, die mit dem Faltenrock." – „Ach, die beiden fetten Kühe meinst du?"

Der Junge sah seine Mutter verwundert an. Kühe? Seine Mutter hatte keine Ahnung, er war sich ganz sicher, die Silhouette zweier Ringelschwänzchen unter dem Stoff erkannt zu haben. Aber er sagte lieber nichts, sonst begann sie wieder mit ihren Tiraden, was für einen Unsinn er sich zusammenreime und so weiter.

Medizinische Versorgung

Geneva Körber arbeitet in Teilzeit: Etwa zwei Drittel ihrer Arbeitszeit verbringt sie in einem Krankenhaus der Menschen (dem Mariannenhospital), ein Drittel in einem Chimärenkrankenhaus. Chimären sind robuster als Menschen, was vermutlich an der BB-Blutgruppe liegt. Das wird kontrovers diskutiert, weil einige Forscher der Meinung sind, dies ist in der hohen Zahl von Chromosomen begründet. Fünfhundert Chromosomen bieten einfach mehr Platz für Widerstand als sechsundvierzig.

Da die meisten Mitarbeiter in Krankenhäuser eher breit gebaut sind, fällt Geneva unter den menschlichen Krankenschwestern nicht weiter auf, wenn sie ihr Gesäß schwungvoll durch die Gänge schiebt. Sie sagt, sie sei praktisch als Krankenschwester auf die Welt gekommen. Schon zum dritten Geburtstag wünschte sie sich einen Arztkoffer, in der Schule nahm sie an allen Arbeitsgemeinschaften teil, in denen es um Gesundheit und Pflege ging. Eines ihrer Lieblingsfächer im Curriculum der Grundschule war „Umgang mit Menschen". Da gab es einiges zu lernen, was sie zum Staunen brachte, weil es so anders war, als sie es kannte, oder aber auch, weil es dem Chimärenverhalten so stark ähnelte. Auf Klassenfahrten beobachteten ihre Lehrer, dass Geneva im Waschraum ihre Mitschüler zum Zähneputzen anregte und kleine Vorträge über Mundhygiene hielt. Bei Menschenkindern hätte sie vermutlich Gelächter geerntet oder wäre niedergeschrien worden, aber ihre Mitschüler hörten ernsthaft zu. Viele wussten später zu berichten, dass sie ihre ausgezeichnete Zahngesundheit auf die Kraft der Geneva zurückführten.

Für Geneva war es am Ende der Grundschulzeit zweifelsfrei entschieden, dass sie das Gymnasium nicht zu besuchen gedachte. Ab in die Praxis!, das war ihre Devise. Ihre Ausbildung machte sie bei den Menschen, weil sie den Ausbildungsstandard dort für besser hielt. Das führte zu Irritationen und Beleidigungen beim Chimärenlehrkörper der Pflegeschulen, was sie mit einem Achselzucken quittierte. Sie erzielte Bestnoten, war immer die Erste, die freiwillig eine Aufgabe übernahm, und sei sie noch so unangenehm. Wegen ihres quirligen Humors und ihrer allgemeinen Hilfsbereitschaft war sie trotz dieses vermeintlichen Strebertums bei ihren Mitschülerinnen beliebt. Die ersten Jahre nach der Ausbildung arbeitete sie auf der Kinderstation. Sollte sie Kinderfachkrankenschwester werden? Das erschien ihr zu einseitig und deshalb wechselte sie in eine Arztpraxis als Arzthelferin. Nach einem halben Jahr kam sie ins Krankenhaus zurück. Gefragt, warum sie die Arbeit in einer Privatpraxis so schnell aufgegeben habe, blieb sie einsilbig. Nicht einmal ihrer Freundin Porcina gegenüber gab sie eine Erklärung ab außer: „Es war einfach nicht das Richtige für mich." Gemunkelt wurde, dass ihr Sinn für Ordnung ein wenig über das erforderliche Maß hinausgeschossen war, dass sie vielleicht mit den Schwerkranken doch zu locker umgegangen war oder, aber das waren bösartige Zungen, sie einen Griff in die Kasse getan habe. Dies kam ihr selbst glücklicherweise nie zu Ohren, weil sie mit Sicherheit sonst völlig niedergeschlagen gewesen wäre und tagelang geweint hätte. Wenn Chimären einmal anfangen zu schluchzen und zu weinen, ist das nur schwer einzudämmen, herzzerreißend und lautstark. „Das Wein- und Schluchzverhalten der Chimären liegt nach unseren neuesten Forschungsergebnissen im Chromosom Nr. 427 begründet", so Prof. Dr. Benito Lindinger (Mensch-Eidechse), Leiter des Instituts für Mikrochromosomologie an der Universität.

Geneva bevorzugt klare Hierarchien, was ihrem Ordnungssinn entspricht. Wenn sie den Ausdruck „flache Hierarchie" hört, schmunzelt sie oder bricht lauthals in Gelächter aus. „Flache Hierarchie? Hahaha, kann ich mir im OP gut vorstellen, wenn der Chirurg gerade den lebenswichtigen Schnitt vornehmen will und ich als Schwester rufe, ‚Nein, halt, hier können Sie ästhetisch anspruchsvoller schneiden!'. Das ist doch Quatsch. Ich weiß gern, wo es langgeht. Und wenn ich der Meinung bin, da ist etwas falsch, dann mache ich es eben anders." Ein bemerkenswerter Gedanke, fand Porcina, die ähnlich dachte. „Flache Hierarchien sind so typische Menschenerfindungen. Erfunden wurde das garantiert von Mitarbeitern der unteren Hierarchien, die keine Verantwortung übernehmen, aber die Arbeit nach oben abwälzen wollen." Kein Wunder, dass die beiden so eng befreundet sind, wo sie so viele Dinge ähnlich sehen!

In den Hosen, die Krankenschwestern heutzutage tragen, fällt eine Chimäre nicht auf, es sei denn, sie ist eine Meerjungfrau. Ein breites Becken passt in eine weit geschnittene Hose, daher ahnt im Mariannenhospital niemand, wer Geneva ist. Sie hatte erst nicht vor, den Namen Geneva Körber zu ändern. Zwar fand sie Wilma D'Schwein einen überaus adelig klingenden Namen, aber die Umbenennung würde bei den Menschen nur Probleme bereiten. Und in zwei Ebenen zwei Namen zu verwalten, erschien ihr anstrengend. Oder sie müsste den Arbeitsplatz wechseln, ein Gedanke, der ihr in den letzten Wochen gekommen war. Vielleicht könnte sie dann sogar auf der Karriereleiter aufsteigen zur Oberschwester?

Mit Aufmerksamkeit las sie in der Pflegefachzeitschrift den Artikel „Ist es heute diskriminierend, die leitende Krankenschwester als Oberschwester zu bezeichnen?" Die Kommentatoren waren sich nicht einig. Einer schrieb: „Der Titel der leitenden Krankenschwester ist immer noch Oberschwseter." Chimären haben sich noch immer nicht daran gewöhnt, dass die Rechtschreibung von Menschen teils so stiefmütterlich behandelt wird. Daher halten sie eine falsche Orthographie eher für einen sachdienlichen Hinweis. Deshalb entschloss sich Geneva, bei der Suche nach einer neuen beruflichen Chance sich am besten gleich auf Ausschreibungen für Oberschwsetern zu konzentrieren. Erst Porcina, die mit den menschlichen Rechtschreibschwächen besser vertraut war, klärte Geneva über den Irrtum auf. Wieder ein Anlass, herzlich zu lachen.

Derzeit arbeitet Geneva auf der Station für innere Medizin. Hier gefällt es ihr: Alle Altersgruppen der Erwachsenen sind vertreten, die Krankheiten breit gefächert, die Heilungschancen überdurchschnittlich. Die Stationsärztin betraut Geneva gern mit besonders verantwortungsvollen Tätigkeiten, da sie bald Genevas Hingabe an den Beruf erkannt hatte. „Wollen Sie nicht doch eine Ganztagstätigkeit übernehmen?", fragte sie daher mehr als einmal. Aber Geneva verneinte immer. Das hieße ja, sie müsste im heimischen Krankenhaus kündigen, was ihr gar nicht zusagte.

Die Station für innere Medizin ist derzeit in Frauenhand: Stationsärztin, Oberärztinnen, Chefärztin. Das senkt das Risiko für sexuelle Übergriffe. Denn Geneva hatte nur zu oft erlebt, dass ihr gemütliches Gesäß offenbar gewisse Männertypen zum Tätscheln und

Kneifen einlud. Und das nicht nur bei Patienten! Patienten konnte sie auf ihre resolute Weise zur Rede stellen, keiner würde es nach einer solchen Ansprache wagen, sie nochmals zu belästigen. Gleichzeitig aber konnte ihr auch niemand böse sein, was Kolleginnen an ihr bewunderten.

Im heimischen Krankenhaus mit dem Namen „Hospital zur frischen Waldluft", kurz das KH Wald, arbeitet sie ebenfalls auf der Inneren. Die Personaldecke ist dünner als im Mariannenhospital. Statt vier Schwestern, zwei Pflegern, einer Stationsärztin, zwei Oberärztinnen und einer Chefärztin arbeiten im KH Wald zwei Schwestern, ein Pfleger, eine Stationsärztin, zwei Oberärzte (davon eine Frau) und ein Chefarzt. Die Geschlechterverteilung ist rein zufällig, für Chimären war das Genderproblem keines. „Wenn wir neben der Diversität unserer Unterteile auch noch Geschlechtsunterschiede machen wollen, haben wir keine Zeit mehr für unsere Hobbys", witzelte der angesehene Soziologe Ramon Eisenschmidt (Mensch-Nashorn, geplanter Name: Nathan Shorn).

Neben der Inneren gibt es eine zweite Station „Allgemeine Fälle", die für alle anderen medizinischen Bereiche zuständig ist, und eine Kinderstation. Die meisten Ärzte und Krankenschwestern erlernen ihren Beruf bei den Menschen. Nicht etwa, weil die Ausbildung so ausgezeichnet ist, sondern weil sie so mehr Krankheiten kennenlernen.

Eine gynäkologische Abteilung ist im KH Wald nicht vorhanden. „Schwierigkeiten bei Geburten sind menschenspezifisch. Dank der tierischen Unterteile wäre hier ärztliche Unterstützung eher hemmend als förderlich." Dieses Zitat stammt von Prof. Malik Dressel, dem legendären Gynäkologen. Vor ihm und nach ihm hat sich keine Chimäre mehr auf diesen Zweig der Medizin konzentriert. Prof. Dressel hatte abgesehen von einigen Höflichkeitsbesuchen von Chimärendamen aus dem Bekanntenkreis seiner Gattin keine Patientinnen und widmete sich daher in seiner beruflichen Laufbahn dem Verfassen eines Büchleins mit dem Titel „Zitate aus dem Leben eines Gynäkologen" (1885).

Die Gesellschaft

„Die Chimärengesellschaft ist straff hierarchisch organisiert. Von oben kommen die Befehle, weiter unten werden sie ausgeführt. Oder eben nicht", schrieb Ramon Eisenschmidt, der sich jahrzehntelang intensiv mit der chimärischen Gesellschaft auseinandergesetzt hat, zum ersten Mal in seiner Doktorarbeit „Gibt es eine Chimärengesellschaft?". In seiner Habilarbeit „Die Gesellschaft der Chimären in all ihren Facetten" hat er über sechshundert Seiten das Thema „Society of Chimaerae" bearbeitet und sieht sich daher als Experte. Das wurde bisher von niemandem bestritten.

Dem Thema „Gesellschaftliche Vorurteile" ist ein ganzes Kapitel seiner Habilarbeit gewidmet. Das Kapitel ist eher kurz, und zwar das kürzeste der gesamten Arbeit. Deshalb zitiere ich es hier vollständig:

„Vorurteile sind in der Chimärengesellschaft nahezu unbekannt. Ich kenne keines, aber ein Wissenschaftler spricht nicht gern in absoluten Begriffen. Bei so vielen unterschiedlichen Unterteilen wäre ein Vorurteilssystem dermaßen kompliziert, dass es selbst mit fünfhundertseitigen Anleitungen nur für die intelligentesten Köpfe unserer Gesellschaft nachvollziehbar wäre, zu denen ich mich selbst zähle. Eine Schnecken-Chimäre läuft langsamer als eine Gazellen-Chimäre, wo ist das Problem? Eine Schweine-Chimäre hat einen größeren Hüftumfang als eine Schlangen-Chimäre, na und? [Ich klopfe auch lieber auf ein breites Hinterteil, als dass meine kräftige Hand nichts vorfindet.*]"

* Diesen Passus hat Eisenschmidt auf Anraten seiner Habilmutter, einer Mensch-Nilpferd-Frau, vor Veröffentlichung der Arbeit gestrichen. Sie ließ sich aber vorher probeweise von Eisenschmidt beklopfen, wie vertrauliche Insiderquellen besagen.

Die Chimären leben gern in kleinen Gruppen, sind Einzelgruppler, wie schon im Kapitel zur Politik ausgeführt. Die Gruppenbildung, in der Fachliteratur auch Zellbildung genannt, erfolgt entweder über die Familie (Eltern, Kinder, Großeltern) oder über freiwillige Zusammenschlüsse (Wohngemeinschaften, Freundschaften, Partnerschaften, Unterteilgleichheitsgemeinschaften). Die einzige Zelle, die wir bei den Menschen nicht finden, ist die Unterteilgleichheitsgemeinschaft. Hier wird unterschieden in Gruppen mit (a) Unterteilsidentität und (b) Unterteilssimilarität. Unterteilsidentität bedeutet, dass z.B. Chimären-Nashörner eine solche Einzelgruppe bilden, oder Chimären-Elefanten, Chimären-Schnecken, Chimären-Finken usw. Diese Gruppenbildung hat den Vorteil, dass man sich denselben Konflikten und Problemen ausgesetzt weiß, die man dann gemeinsam durch Techniken und Methoden zu bewältigen lernt. Die Vorzüge verstärken sich. Im Fall (b), der Similarität, tun sich Chimären zusammen, die körperlich ähnlich veranlagt sind. Hier finden wir Chimären-Nashörner, Chimären-Elefanten und Chimären-Flusspferde in einer Gruppe, eine andere Zusammensetzung könnte Chimären-Finken, Chimären-Eichelhäher und Chimären-Hühner umfassen.

Eine moderne Entwicklung sind die Unterteilsdiversitätsgruppen, wo sich absichtlich Chimären mit unterschiedlichen Unterteilen zusammentun, um ihre gegenseitigen Probleme und Vorzüge ergänzend zu vereinen. Eine Chimären-Schnecke ist in einer solchen Gruppe verantwortlich für das Polieren der Böden, ein Chimären-Elefant für das Abspritzen der Duschkabinen, ein Chimären-Faultier für die gute Laune. Selten finden wir mehr als vier bis sechs Chimären in einer Zelle bzw. Gruppe.

Neben praktischen Erwägungen gibt es wie beim Menschen die Zellbildung über Sympathie. Wenn eine Chimären-Schnecken-Frau sich zu einem Chimären-Otter-Mann hingezogen fühlt, bilden diese bei gleichen Gefühlsbildungen beim Mann eine Kleingemeinschaft zwecks Familiengründung.

In der gesellschaftlichen Hierarchie steht der König oben, gefolgt von der Königin, oder umgekehrt. Dies gilt zumindest am Tag der Abdankung. Ein Chef hat dem Angestellten zu sagen, war er zu tun und zu lassen hat, der wiederum dieses tut und lässt, oder eben nicht, wie zu Beginn schon erwähnt.

Ganz unten in der Hierarchie steht niemand. Die unterste Hierarchiestufe wurde im Jahr 2117 vor Christus abgeschafft. Das ist das Ergebnis der intensiven Ausgrabungen und Forschungen des Historikerforschungsteams Dr. Alexander Eduard (Mensch-Koalabär) und Frau Prof. Inez Carbone (Mensch-Natter). Die beiden sind überzeugt, dass dies der Kultur der Chimären ungeheuren Aufschwung gegeben hat. Nun haben alle eine Hierarchiestufe, auf die sie arrogant hinunterschauen können, ohne dass sich eine Chimäre persönlich getroffen fühlen muss.

Das Liebesleben, Teil 1

Porcina und Geneva waren beide alleinstehend. Im Prinzip war dagegen nichts einzuwenden, fanden sie. Nur manchmal vermissten sie daheim doch eine gewisse Zweisamkeit mit allem, was dazugehört. Porcinas Mutter fragte ihre Tochter immer wieder aus, ob im Kollegium nicht ein handliches Mannsbild sei, sie hätte da doch neulich auf einem Foto in dem Zeitungsbericht zum letzten Jahresabschluss so einen netten Mann gesehen, ob der nichts für sie sei? Porcina fand keinen ihrer Kollegen im Entferntesten passend für romantische Verquickungen und war deshalb gespannt, auf wen ihre Mutter zeigen würde. Kaum zu glauben, ihr Zeigefinger zeigte eindeutig auf Ervin Dietz! „Mama, wirklich, was soll ich mit so einem innerlich vergreisten Mann? Nie im Leben!"

Ihre Mutter war etwas enttäuscht. Sie wollte ihre Porcina genauso glücklich sehen wie ihre anderen Kinder. Aber da war nichts zu machen, offensichtlich hatte Porcina sich die Zukunft als alte Jungfer gezimmert. Sie seufzte, gut, wenn es das war, was ihr Töchterlein wollte ...

Die Mutter von Geneva war alleinerziehende Mutter, ein Begriff, den sie sich aus der Menschenwelt entliehen hatte. Sie fand, das gab ihr etwas Besonderes. Geneva hing die Geschichte von der romantischen Nacht im dunklen Wald mehr als zum Halse raus.

„Mutter! Ich kann's nicht mehr hören! Du kennst meinen Vater nicht, ich verurteile dich nicht für diesen One-Night-Stand, aber was soll ich mit dieser Geschichte, wenn du sie wieder und wieder erzählst?"

„One-Night-Stand? Meine Güte, Genevalein, was für ein furchtbares Wort für eine wunderschöne Angelegenheit. Du weißt, du hast dein blendendes Aussehen von deinem Vater. Er war Kapitän oder Steuermann oder so was in der Art, er sah mit seinen breiten Schultern prächtig aus, als er auf unser Dorffest kam. Dann forderte er mich, mich, zum Tanz auf."

„Mutter! Bitte nicht wieder, ich kann diese Geschichte mit dir stereo sprechen, so gut kenne ich sie."

„Ich erzähle dir das ja nur, damit du vielleicht auch mal auf das Dorffest gehst. So ein bisschen Tanzen stände dir zu Gesicht, deine Hüften bieten sich für Tango nur so an. Oder bist du denn gar nicht romantisch?"

Geneva klappte ihren Mund zu und atmete durch die Nase. Was wusste ihre Mutter schon von ihren romantischen Träumen? Die sahen aber anders aus, als sich mit irgendeinem Dorftrottel im Heu zu wälzen. Und auf Uniformen stand sie auch nicht, aber das wollte sie ihrer Mutter nicht so brutal ins Gesicht sagen. Sie überlegte.

„Dorftrottel ist eher abfällig, oder?", fragte sie ihre Freundin Porcina, als sie gemeinsam im Eiscafé vor

Ort saßen und Milchshakes schlürften. Porcina nickte. „Ja, es ist nicht wirklich freundlich."

„Ich meine es nicht so, wie Menschen das verstehen. Es ist nur einfach so, wie soll ich das sagen ..., na ja, die jungen Männer in unserem Dorf haben nicht die gleichen Interessen wie ich."

Porcina nickte bestätigend: „Ich kenne das. Das ist wie bei meiner Mutter, die mir immer irgendwelche Kollegen an den Hals binden möchte. Letztlich meinte sie doch wahrhaftig, Ervin Dietz sei die beste Wahl für meine solide Zukunft." Die beiden schütteten sich wieder einmal aus vor Lachen.

Geneva rührte mit dem Löffel in dem Rest Schaum in ihrem Glas. „Hallo, Herr Oberst, bitte noch einen Bananenmilchshake!" Der Ober lächelte, er hatte sich an diesen kleinen verbalen Scherz von Geneva gewöhnt. „Sehr wohl, und Sie, meine Dame?" Porcina überlegte. „Für mich bitte eine Eisschokolade, mit extraviel Sahne."

Geneva und Porcina guckten traumverloren in die Ferne. „Es wäre doch überaus erquicklich, mal ein romantisches Abenteuer zu erleben, oder?"

Porcina nickte: „Ich weiß, was du meinst. Meine Arbeit mit den Kindern ist zweifelsohne erfüllend, es lässt mein Herz höherschlagen, wenn ich sehe, wie die Kleinen sich unter der schulischen Obhut entwickeln. Dennoch bleibt da ein kleines Loch im Herzen."

Geneva seufzte. „So geht es mir auch. Meine Arbeit möchte ich nicht missen, all die herzigen Patienten, die netten Kollegen, die Ärzte und so weiter. Aber das kann doch nicht alles sein, oder?"

„Und deine Kollegen sind alle so langweilig wie meine?" – „Die meisten, ja. Im Mariannenhospital, öhm, aber reden wir nicht darüber." – „Komm, du machst mich neugierig! Wen oder was gibt es da?"

Geneva war pink bis über beide Ohren. „Porcina, nichts, niemand, was oder wer der Rede wert ist." – „Und warum hast du dich dermaßen verfärbt? Neben dir ist eine Freilufttomate im Monat August blass!" – „Es hat doch keine Aussichten. Du weißt doch, Menschen und wir, das geht nicht. Zu viele Chromosomen, andere Blutgruppe, es passt vorne und hinten einfach nicht."

„Richtig, richtig, das stimmt natürlich. Spätestens, wie soll ich das sagen, wenn man sich etwas näherkommt, ist alles vorbei. Aber erzähl mir trotzdem mal, träumen können wir doch für dich. Aber auf deiner Station ist das nicht, oder? Da sind doch nur Frauen."

„Das hast du dir korrekt gemerkt. Da ist zwar jetzt ein neuer Pfleger, aber der ist so mundfaul und muffelig, dabei schlurft er durch den Flur, kein Denken an irgendeine romantische Fantasie. Aber ..."

„Aber was? Nun mach mich doch nicht noch neugieriger! Was geht da ab?"

„Nichts geht ab. Auf der Station, gegenüber auf dem Gang, du weißt, die Orthopädie." Geneva machte eine Pause und starrte in ihr leeres Milchshakeglas.

„Jetzt spann mich nicht auf die Folter, was läuft da Tolles rum?"

Geneva seufzte erneut einmal vernehmlich: „Ein neuer Arzt. So richtig nach meinem Geschmack, goldene Locken, samtbraune Augen, breite Schultern, ein kraftvoller Gang, ein fester Handgriff ..."

„Woher kennst du seinen Handgriff? Ansonsten klingt er wirklich sehr ansehnlich, schade, dass Menschen auch solche Schnuckelchen sein können." Beide kicherten.

„Als er neu auf der Station war, hat er sich bei uns vorgestellt. Ich hatte den Eindruck, ich habe ihm auf Anhieb gefallen, aber du weißt ja, meine breiten Hüften, sie sind eben nicht jedermanns Geschmack. Da male ich mir nicht einmal theoretisch Chancen aus."

Beide Frauen seufzten. Das war wie in tragischen Geschichten aus der Menschheitsliteratur, wenn man sich als Chimäre in einen Menschen verliebte. Geneva summte „Es waren zwei Königskinder, die hatten eiheinahander so liehihieb ..." Dann kicherten beide.

„Geneva, wie heißt dein Schwarm denn? Und dann müssen wir uns etwas überlegen, dass du davon loskommst. Es gibt genügend umwerfende Chimären auf dieser Welt, wenn du da nur den Richtigen findest, vergisst du diesen ... äh, wie heißt der?"

„Dwight Zimmerbauer."

„Na, der Name ist nicht so inspirierend. Wie willst du da einen Kosenamen finden? Dwightee? Und wie viele Menschen sprechen seinen Namen 'Dvigt' aus?"

„Du bemühst dich eindrucksvoll, ihn mir madig zu machen. Es wird dir kaum gelingen. Du hast recht, ich sollte mich verlieben, in einen passenden Charakter, dann vergesse ich Dwight."

Sie bestellten noch einmal, Geneva einen Schoko-milchshake und Porcina ein Erdbeer-Spaghettieis. Plötzlich schlug Porcina mit ihrem Eislöffel an die Porzellanschale: „Ich hab's!" – „Was hast du?" – „Wie wir eine Romanze finden können, ohne uns in pein-liche Situationen zu begeben." – „Und zwar?" – „Wir melden uns in so einem Dating Portal an. Hast du noch nie die Werbung für Chimärship gesehen? Mehr als achtzig Prozent aller Kontakte führen dort zu Ver-bindungen und Romanzen." – „So steht das in der Werbung, aber glaubst du das?" – „Ist doch egal, ob es übertrieben ist. Aber einen Versuch ist es wert!"

Geneva holte ihr Tablet aus der Handtasche. „Gut, wenn du meinst. Ich halte zwar nicht viel von so Dating Portalen, aber im Beruf finden wir niemanden oder die Falschen und unsere Freizeit bringt's irgend-wie auch nicht."

Porcina legte ihr Smartphone auf den Tisch, ein Phablet. „Vor der Registrierung sollten wir uns aber genau überlegen, was wir in unsere Profile schreiben. Es muss nicht jeder gleich erkennen, wer wir sind. Aber dennoch mag ich nicht faustdicke Lügen über mich verbreiten."

„Was hältst du davon, wenn wir uns morgen Nachmittag wieder treffen? Ich habe gleich Dienst, und wenn wir das jetzt übers Knie brechen, wird das nichts oder falsch."

Porcina nickte. „Eine fabelhafte Idee, ich freue mich, es wird auf jeden Fall prickelnd."

„Und lustig, ich wette!" Dabei kicherten beide. Sie riefen den Ober herbei, der heute ein besonders reichliches Trinkgeld einsteckte. Was er auf seinen umwerfenden Charme zurückführte, nicht auf die Existenz einer Dating Plattform.

Vermehrung

Bevor wir uns jetzt den Liebesbemühungen der beiden jungen Damen zuwenden, muss einmal geklärt werden, wie sich Chimären überhaupt vermehren.

Einen Punkt hat Geneva weiter oben schon korrekt ausgeführt: Menschen und Chimären können sich nicht paaren, die Chromosomenzahlen liegen zu weit auseinander, es gibt das Chromosom YY und die Blutgruppe ist völlig anders. Von unappetitlichen Genkombinationen in der Retorte sprechen wir hier nicht. Chimärenwissenschaftler lassen die Finger davon, für Menschenwissenschaftler sind Chimären nicht existent. Was es nicht gibt, kann man nicht in die Retorte stecken!

Eine natürliche Barriere sorgt in den meisten Fällen dafür, dass Menschen sich nicht zu Chimären hingezogen fühlen, umgekehrt gilt dasselbe. Menschen sagen dann: „Bei uns stimmt die Chemie einfach nicht". Auch Pheromone werden gern als Erklärung dafür herangezogen. Chimären lächeln milde, wenn sie solche wissenschaftlichen Erklärungsversuche in Fachzeitschriften lesen.

In seltenen Fällen verlieben sich Chimären dennoch in Menschen, man hat in Chimärenkreisen auch von der andersgerichteten Problematik gehört. Ein Beispiel aus jüngster Zeit ist Geneva, die sich offenbar in ihren Kollegen Dr. Dwight Zimmerbauer verliebt hat, was vermutlich nicht erwidert wird. Solche Fälle sind tragisch; in der „Kleinen Meerjungfrau" (Andersen) ist eine solche Geschichte schicksalhaft festgehalten worden. Entsprechende Darstellungen in der wissenschaftlichen Chimärenliteratur sind deutlich sachlicher. Noch tragischer wird es, wenn gegenseitige Anziehung vorliegt, weil es keine Lösung außer Verzweiflung gibt. Insoweit ist es begrüßenswert, dass Geneva einen kühlen Kopf bewahrt und mit Unterstützung ihrer Freundin den richtigen Weg zu gehen bereit ist.

Chimären sind prüde, was die Details ihrer Vermehrung anbelangt. Sie möchten die Fantasie nicht überstrapazieren, indem sie Einzelheiten aus den Schlafzimmern preisgeben. Jeder kann sich noch vorstellen, wie eine Mensch-Nashorn-Frau es mit einem Mensch-Nashorn-Mann zur Fortpflanzung bringt. Die Vorstellungskraft liegt aber besser brach, wenn es um die Paarung einer Mensch-Schnecken-Frau mit einem Mensch-Wal-Mann geht. Selbst wenn wir ja wissen, dass die Körperteile quasi gleichgroß sind, wird die Gedankenwelt stocken. Denn eine Mensch-Schnecken-Frau ist nicht kleiner als ein Meter sechzig und ein Mensch-Wal-Mann mit Sicherheit nicht größer als zwei Meter: Die Körpergröße von Chimären liegt seit dem fünften Jahrtausend vor Christus im normalen Menschengrößenrahmen. Dennoch scheut sich unsere Vorstellungskraft davor, sich dies näher auszumalen, es sei denn, wir haben eine merkwürdige Veranlagung.

Die Chimärenwissenschaft hat dennoch in diese Richtung geforscht, auch wenn es ungeheuer schwierig war, Freiwillige für ihre Experimente zu gewinnen. Selbst Kollegen hatten auf einmal „Keine Zeit, sorry" wenn sie befragt oder gar beobachtet werden sollten. Hartnäckige wie u. a. die Sexualforscherin Frau Prof. Lorene Kettl (Mensch-Elster) haben weder Zeit noch

Mühe gescheut, wenigstens ein klein bisschen Licht ins Vermehrungsdunkel zu bringen. In einer Fachzeitschrift veröffentlichte sie 2015 einen Beitrag, der auch heute noch unbestritten den neuesten Forschungsstand wiedergibt. Der Titel des Artikels lautet „In der Kürze liegt die Würze, Details aus unseren Schlafzimmern." Was für ein Aufreißer! Da dieser Artikel, wie schon im Titel steht, durch Kürze glänzt, sei er hier in Gänze abgedruckt.

„Wie mehren sich Chimären? Bei meinen Interviews mit Chimären, wie sie das machen, erhielt ich immer wieder dieselben Antworten, sowohl in Face-to-Face-Interviews als auch per Fragebogen: ‚Sie wissen, wie es geht, ich weiß es, warum sollte ich also etwas dazu sagen?‘ Ich habe immer wieder betont, dass es mir um Wissenschaftlichkeit gibt, die kein Tabu und keine Prüderie kennen sollte. Feldbeobachtungen konnte ich keine anstellen, weil sich kein einziges Chimärenpaar bereit erklärte, sich von mir beobachten zu lassen. In meiner wissenschaftlichen Verzweiflung wollte ich einen Selbstversuch unternehmen, die Kamera mit Selbstauslöser stand bereit, aber mein Ehemann hat sich dem Versuch verweigert. Dies führte zu einer unserer wenigen Ehekrisen, ich musste schließlich seine Meinung akzeptieren. Ihn nur für die Wissenschaft zu betrügen, ging selbst mir zu weit.

Wenn wir in das Schlafzimmer der Chimären eindringen (bitte hier nicht schmutzig lachen, das ist pennälerhaft!), sind wir überrascht. Chimären sind, was ihre Geschlechtsteile betrifft, Shape Shifter. Falls einer meiner Leser den Begriff nicht kennt: shape shifting bedeutet nichts anderes, als seine Form beliebig zu ändern. Hier beidseitig solange, bis es passt.

Persönlicher Einwurf: Das ist mir auch alles sehr peinlich, nicht dass meine Leser denken, ich habe Vergnügen an diesen Beschreibungen.

Ja, und ansonsten gibt es nicht viel dazu zu sagen. Vorspiel, Nachspiel, Mittenspiel, Zwischenspiel, Seitenspiel, Oberspiel, Unterspiel: Das ist alles völlig normal im menschlichen Sinne. Im Balz- und Werbeverhalten ähneln wir übrigens den Menschen sehr stark.

Vielen Dank für Ihre Aufmerksamkeit."

Das Liebesleben, Teil 2

Für die Registrierung in Chimärship war ein kleines Formular auszufüllen. Die Fragen waren unkompliziert: Name, Adresse, Alter, Kontonummer. Das war nicht schwer. Das Profil durfte nach der Registrierung eingetragen werden. Porcina und Geneva atmeten auf. Dann kam das erste Problem: „Welchen Nickname gibst du dir?" Die beiden diskutierten länger darüber. Sie wollten mit dem Nicknamen keinen Hinweis auf ihre Identität geben. Man stelle sich nur vor, die Schuldirektorin erfährt aus einer Quelle, dass Porcina Wuzzi in einem Online-Dating-Portal unterwegs ist. Schon bei der Vorstellung verschluckte sich Porcina mehrmals. Geneva entschied sich für Mausi. Porcinas Einwand, das sei albern, kindisch und schrecklich, wischte ihre Freundin vom Tisch: „Es lässt keinerlei Rückschlüsse auf meine Identität zu. Das ist das Wichtigste!" Porcina selbst tippte „Richelieu" ein. „Richelieu? Das war doch ein Mann, ein Mensch!" „Weiß ich, na und? Wer nicht weiß, wer dieser Mann war, nimmt keinen Anstoß. Und wer es weiß, ist gebildet. Darauf lege ich Wert." Beide kauten auf ihren Stiften, abgeschickt hatten sie die Namen noch nicht.

Nach einer Viertelstunde gab Geneva nach. „Stimmt, Mausi ist doof. Menschen-Friseusen nennen sich Mausi, wenn sie die Haare hochtoupiert haben und übermäßig geschminkt sind. Oder lassen sich von ihren Freunden so nennen. Was hältst du von Küchenfee? Das betont meine häusliche Note." Porcina nickte zustimmend. Aber, oh weh, es gab schon mehrere Küchenfeen auf dem Portal, und Küchenfee467 war nicht nach Genevas Geschmack. „Sturmtief?" „Genial!", rief Porcina aus. „Das klingt nach Temperament und Charakter!" Etwas kleinlauter fuhr sie fort: „Ich glaube, den Richelieu überdenke ich auch besser noch einmal. Sturmhoch wäre eine reine

Wiederholung. Oh, ich hab's: Ich nenne mich ‚Silver-Lining‘!"

Geneva schaute sie an: „Öhm, ja, was heißt das?" Sie hatte auf das Erlernen von Fremdsprachen verzichtet. „Wenn ich den Hintern von einem Patienten putze, ist dem doch egal, ob ich sage: Hintern hoch oder Backside up". Das ergab immer einen Lacher, wenn auch unbekannt blieb, woher sie überhaupt dieses Wort kannte.

„Das kommt aus dem Englischen und bedeutet silberner Rand. Bevor du jetzt fragst, was das soll: Es gibt ein Sprichwort: ‚Every cloud has a silver lining‘, wörtlich heißt das so viel wie: Jede Wolke hat eine silberne Ausfütterung, oder ein passendes Sprichwort ist: Wo Schatten ist, ist auch Licht."

Geneva schlug die Hände zusammen: „Das ist wunderbar, so positiv! Genauso, wie du bist. Du bist das Silver Lining auch in meinem Leben." Geneva traten ein paar Tränen in den Augen, sie war ab und an recht emotional. Porcina drückte ihre Hand, ohne etwas zu sagen.

Beide seufzten tief. „Ich finde, wir haben für heute genug geleistet. Lass uns das mit dem Profil lieber auf nächste Woche verschieben, oder hast du es so eilig?"

Porcina lächelte: „Nein, eilig habe ich es nicht. Aber wie lange sollen wir das aufschieben? Du hast die Woche keine Zeit mehr, ich muss am Wochenende Klassenarbeiten korrigieren. Jetzt sitzen wir hier.

Nächste Woche könnten wir schon bei unserem ersten Date sitzen!"

„Du hast recht, vermutlich wollte ich mich nur davor drücken. Aber ich bin so schwach, ob ich besser noch so ein Stück von dem gedeckten Apfelkuchen bestelle?"

Porcina lachte. „Was für eine geniale Idee, ich bin für zwei Stücke mit doppelter Portion Sahne."

Die beiden Damen stärkten sich erst einmal. Wer jetzt glaubt, sie seien insgesamt stämmig, irrt. Ihr Stoffwechsel war schweinisch, sie verarbeiteten ihre Nahrung somit besser als Menschen. Ihre Körper waren kräftig und muskulös, aber kein Gramm Fett war zu sehen. Wie oft schon hatte Porcina sich gefreut: „Ich bin froh, dass ich keine Mensch-Mops-Frau bin, da muss man mit dem Essen so vorsichtig sein, sonst robbt man nur noch mit dem Bauch über den Boden!"

Erst füllte jede für sich das Profil aus, dann verglichen sie, diskutierten, strichen, fügten hinzu, diskutierten – bis sie endlich zufrieden waren. Dann luden sie ihre Profile hoch und gönnten sich für die Anstrengung je einen Toast Hawaii.

Das Profil von **Porcina**:
Nickname: *SilverLining*
Geschlecht: *Weiblich*
Beruf: (keine Angabe)

Alter: *Mitte dreißig*

Unterteil: *Säugetier, eher stämmig*

Hobbys: *Lesen, wandern, Fahrrad fahren, Kuchen essen, Popmusik hören*

Sexuelle Vorlieben: (keine Angabe)

Ich suche: *Romantik und vielleicht mehr, keine Abenteuer, Humor ist Pflicht ;-)*

Meine beste Eigenschaft: *Zuhören*

Meine schlechteste Eigenschaft: *Besserwissen*

Mein Motto: *Every Cloud Has A Silver Lining*

Das Profil von **Geneva**:

Nickname: *Sturmtief*

Geschlecht: *Weiblich*

Beruf: (keine Angabe)

Alter: *Anfang dreißig*

Unterteil: *Säugetier, kein Haustier, eher stämmig*

Hobbys: *Feiern, tanzen, Kuchen essen, mit Freunden eine gute Zeit verbringen, Romantik pur*

Sexuelle Vorlieben: *Normal!!*

Ich suche: *Einen Mann fürs Leben, bin kinderlieb*

Meine beste Eigenschaft: *Zupacken, wenn Not am Mann (haha) ist*

Meine schlechteste Eigenschaft: *Bin manchmal etwas resolut und direkt*

Mein Motto: *Ich kann alles lernen, wenn ich will!*

Religion

Bei Menschen trägt die Religionszugehörigkeit eine Bedeutung. Das kann eine positive Form annehmen, aber hat in der Menschheitsgeschichte teils eine unrühmliche Rolle gespielt und zu unschönen Szenen geführt, um es vorsichtig auszudrücken. Vielerorts setzt sich das heute noch fort. Bei diesem Thema haben Chimären praktisch keine Probleme. Deshalb wird in Partnerschaftsbörsen im Chimärennet oder den etwas veralteten Eheinstituten die Frage nach der Religionszugehörigkeit nicht gestellt. Allerdings werden kleine Chimären schon in der Grundschule darauf hingewiesen, dass sie bei Kontakten mit Menschen mit diesem Thema konfrontiert werden können.

Abhängig von dem Ort, an dem sie zum Beispiel arbeiten wollen, lassen sie eine entsprechende Religionszugehörigkeit in ihre Papiere eintragen. Die chimärischen Behörden sind mit Ausweisen großzügig. Warum auch kleinlich sein? Wer braucht schon so ein Papier? Im zweiten Grundschuljahr gibt es ein Fach ‚Aufenthalt bei Menschen', da lernen kleine Chimären allerlei, was ihnen im Leben nützen wird: die Bedeutung einer Religionszugehörigkeit, selbst wenn dies ‚keine' ist, das ständige Tragen eines Personalausweises, Helmpflicht auf dem Fahrrad, in der Stadt sorgfältiges Bedecken des Unterteils, bei Frauen auch des Oberteils, um nur einige Beispiele zu nennen.

Glauben die Chimären an nichts?, könnte dann die erstaunte Frage lauten. Chimären würden diese Frage nicht verstehen. „An was glaubt ein Schwein, eine Kuh, ein Elefant, ein Flusspferd, ein Fink, eine Laus? Wenn du diese Frage beantwortet hast, sage ich dir, an was ich glaube."

„Du glaubst also an die Natur?" – „Deine Fragen sind eigenartig. Die Natur ist da, wie soll ich daran glauben?" – „Und Götter?" – „Was sind Götter?" – „Na, höhere Wesen, die bestimmen, wie dein Schicksal sein wird." – „Der Chimärenrat legt fest, was richtig ist. Daran kann ich mich orientieren. Wenn du den Chimärenrat deshalb jetzt eine Götterversammlung nennen möchtest, bitte schön."

So und ähnlich fruchtlos verlaufen Gespräche mit Chimären über ihre Religion. Sie verlassen eine solche Diskussion meist mit einem Kopfschütteln. Gebildete Chimären sind vom Begriff Religion und seinen Inhalten fasziniert. „Es ist ein solch exotisches Thema, die Menschenliteratur ist voll davon, sowohl in Erörterungen als auch Geschichten. Dann stelle man sich einmal vor: Im religiösen Hauptwerk einer bestimmten Religionsgruppe werden Seite um Seite die Maße von Schubladen erörtert." Das gibt Lacher auf jeder Party!

Mehr gibt es dazu fürwahr nicht zu sagen.

Das Liebesleben, Teil 3

Eine Woche später trafen sich Porcina und Geneva im Park. Sie saßen auf einer Bank und ließen sich von der Sonne wärmen. Porcina streckte ihre Beine aus und wackelte mit den Schweinsfüßen. „Ich hätte auch ins Profil schreiben können: Habe niedliche kleine Füßchen!" Geneva prustete los: „Das wär's gewesen! Bei all den Zuschriften, die wir bis jetzt bekommen haben, hätte das garantiert einen bestimmten Männertyp angezogen."

Offenbar hatten sie ihr Profil gut formuliert. Porcina hatte vierzehn, Geneva sogar achtzehn Zuschriften erhalten. Leider musste Porcina die meisten wegen eigenartiger sexueller Wünsche gleich aussortieren, aber sie waren beide überzeugt, dass es nicht am Profil lag. „Es ist wirklich schauderhaft, wie viele Männer keine echte Beziehung wollen. Nichts gegen ein bisschen Spaß, aber muss es gleich bei der ersten Mail ans Eingemachte gehen? Natursekt, mich schüttelt es, Handschellen, das ist doch nicht normal!"

Geneva nickte: „Offensichtlich ist das heutzutage an der Tagesordnung. Dabei haben wir doch schon so unaufregende Dinge formuliert. Ich hätte nie gedacht, dass man aus einem harmlosen Wort wie ‚Sturmtief' so viel Sexuelles lesen kann."

Auch Geneva streckte ihre Beine in die Sonne, allerdings erwartete sie keine Bräune. Sie weigerte sich, ihre hübschen Wildschweinbeine zu rasieren. Durch das dichte Fell drang kein Sonnenstrahl. Geneva war neugierig: „Hattest du Zuschriften, auf die du geantwortet hast?"

„Ja, drei waren nicht nur okay, sondern lasen sich richtig gut. Korrekte Rechtschreibung, das kann ich als Lehrerin nun einmal nicht aus meinem Kopf schieben. Da ich gelesen habe, dass man sich möglichst schnell nach Kontaktaufnahme treffen soll und nicht zu viel vorher schriftlich austauschen, habe ich mich mit den Dreien verabredet. FranzWanderlust treffe ich heute Abend, GuckDichUm morgen Nachmittag und Romantikhase am Samstag."

„Hui, flott, was weißt du denn von ihnen?"

„FranzWanderlust geht, wie der Name schon sagt, gern spazieren. Er ist ein Mensch-Stier, vierzig Jahre alt und arbeitet als Straßenbauingenieur bei den Menschen. Er hat einen großartigen Humor, wir haben bei unserem ersten Telefonat vor lauter Lachen kaum einen Termin finden können. GuckDichUm ist knapp dreißig, ein Mensch-Specht. Er liest mit Begeisterung, und zwar genau wie ich romantische und gehobene Heimat-Literatur. Er scheint insgesamt eine starke romantische Ader zu haben, denn er sprach viel über Kerzenschein und so. Über seinen Beruf hat er nicht viel gesagt, sodass ich vermute, dass seine Berufstätigkeit seinem Intellekt nicht entspricht. Da sind viele dann eher zurückhaltend. Romantikhase klingt wie der Brüller, oder? Er ist Professor für Religionswissenschaften, ein faszinierendes Fach, wie ich finde. Er geht gern spazieren, mit dem Fahrradfahren klappt es nicht so gut, als Mensch-Tausendfüßler kommt er nach eigener Darstellung stets mit allen Füßen gleichzeitig in die Pedale. Er ist offenbar intelligent, humorvoll, verständnisvoll. Er wäre sozusagen erste Wahl, wenn ich mir wegen der vielen Füße nicht etwas unsicher wäre. Äußerlichkeiten spielen für mich schon eine Rolle."

„Ist das aufregend! Du musst mir jedes Detail erzählen!"

„Ich bin wirklich auch gespannt. Es wäre so wunderbar, wenn ich in absehbarer Zeit einen Partner auf Dauer hätte. Was hat sich bei dir ergeben?"

„Ich hatte zwar mehr Zuschriften als du, die waren auch nicht alle versaut", hier lachten beide Damen herzlich. „Wenn ich die Sexirren einmal herauslasse, blieben sogar sieben mögliche Kandidaten."

„Und jetzt hast du sieben Treffen vor dir?" Porcina staunte.

„Nein, nur eins. Ein Profil hat mir besser gefallen als alle anderen, die Mail war auch so nett, so liebenswürdig, da konnte ich mich sonst mit niemandem mehr verabreden."

„Und was weißt du über ihn? Wie heißt er, was macht er, wie alt ist er, wo arbeitet er?"

„Sein Nickname ist ‚Tiefseegang‘, er sagt, er sei so Mitte dreißig. Über seine Arbeit möchte er nicht sprechen."

„Was für eine Chimäre ist er denn, ich hoffe, das habt ihr geklärt? Und was hast du ihm über dich erzählt?"

„Er ist ein Mensch-Eber, sein Name ist Eckart genannt Ekki Bär. Ich habe ihm auch nicht viel erzählt, nur dass ich bei einer menschlichen Hilfsorganisation arbeite, was ja im weitesten Sinne zutrifft. Er hat mich da falsch verstanden und denkt, dass ich bei Chimäresty International angestellt bin. Ich habe dem nicht widersprochen, aber es auch nicht bestätigt. Mein Alter habe ich korrekt mit zweiunddreißig angegeben, auch dass ich eine Wildschweindame bin. Telefoniert haben wir nicht, er will auf keinen Fall sein Inkognito zu früh lüften. Er ist sooo romantisch, wir sind Sonntagabend nächster Woche im Waldcafé verabredet, so gegen zwanzig Uhr, also in der Dämmerung. Er bringt drei rote Rosen mit und ich stelle ein Teelicht auf den Tisch, an dem ich sitze."

„Also musst du zuerst eintreffen?" – „Das ist ziemlich wahrscheinlich. Er hat etwas gemurmelt, das klang wie ‚ich bemühe mich, pünktlich zu sein, aber das ist beruflich nicht immer so einfach‘." – „Ein Bild hast du also nicht?"

Geneva schüttelte den Kopf. „Und du?" – „Ja, ich habe drei Bilder. Schau hier." Porcina lud ihre

E-Mails auf den Bildschirm. Geneva schaute sich die drei an. „Ah ja."

„Gefallen sie dir nicht?" – „Das will ich nicht sagen, sympathisch sehen alle drei aus. Und Romantikhase hat zumindest auf dem Foto wirklich einen romantischen Ausdruck im Gesicht. Und breite Schultern, kein Wunder, wenn man bedenkt, wie viele Füße sie abdecken müssen. Sorry, Porcina, schau nicht so böse! Dabei ein wunderbares Lächeln. So ein Foto ist schwierig, ich konnte mich noch nie anhand von Fotos verlieben. Zumindest ein Trost: Alle sind okay!"

Porcina schaute auf ihre Armbanduhr: „Tut mir leid, ich muss heute früh gehen." – „Musst du noch arbeiten?" – „Nein, das nicht. Habe ich dir noch nicht von meinem neuen Nachbarn erzählt? Die alte Chamäleon-Dame gegenüber auf der Etage ist vor sechs Wochen ausgezogen, sie zieht zu ihren Enkeln. Vier Wochen lang stand die Wohnung leer, jetzt ist da jemand eingezogen. Der Mann ist Arzt, und soll ab nächster Woche an der Volkshochschule ein paar Erste-Hilfe-Kurse geben. Die Kurse finden bei uns in der Schule statt, er kennt sich mit der Technik da gar nicht aus, sagte er. Dann hat er mich gefragt, ob ich ihm das mal zeigen kann, ich hatte ihm beiläufig berichtet, dass ich Lehrerin genau dort bin. Da helfe ich ihm natürlich gern."

Geneva nickte. „Verstehe ich, quasi ein Kollege." Nach einer kleinen Pause fügte sie hinzu: „Ach, ich wünschte, unter meinen Zuschriften wäre ein Arzt oder Pfleger. Vor allem auf Ärzte, ganz ehrlich, da fahre ich voll ab. Keine Ahnung, woran das liegt." Nach einer weiteren Pause, in der sie die Sonne auf sich einwirken ließen, fügte sie hinzu: „Dein neuer Nachbar ist nicht zufällig ein Mensch und heißt Dwight Zimmerbauer?" Porcina lacht rundheraus, „Das wär's noch, da hätte ich dich doch sofort als Hilfe herbeigerufen. So, jetzt ist aber Zeit, ich habe mich verschwätzt. Kannst du gerade für mich mitzahlen? Ich geb's dir nächste Woche zurück!" – „Klar, mache ich. Und nicht vergessen: Alle Treffen anschließend detailliert schriftlich festhalten, ich will alles, wirklich alles wissen." Die beiden umarmten sich und trennten sich unter Gelächter.

Das Wirtschaftssystem

Das Kapitel ließe sich in einem kurzen Satz zusammenfassen: Die Chimären haben kein Wirtschaftssystem.

Chimären sind zwar in Kopf und Herz Menschen, aber schon in der menschlichen Medizin wird immer häufiger der Ruf laut, dass bitte der Darm beachtet werden möchte, er sei quasi ein Gehirn für sich. Das führt dazu, dass die Chimären bei allen geistigen und intellektuellen Fähigkeiten zusätzlich eine Portion tierisches Verhalten an den Tag legen. Ausgeprägt finden wir das vor allem im Wirtschaftssystem.

Chimären lehnen den Kapitalismus ab, die soziale Marktwirtschaft genauso wie die unsoziale Marktwirtschaft, das sozialistische Marktsystem, eigentlich alles, was sich da so tummelt. „Wir halten uns da an ein bekanntes Menschenwerk, in dem es heißt: ‚Sehet die Vögel unter dem Himmel an: Sie säen nicht, sie ernten nicht, sie sammeln nicht in die Scheunen; und euer himmlischer Vater nährt sie doch. Seid ihr denn nicht viel mehr denn sie?' Gut, mit dem himmlischen Vater haben wir es nicht so, die Vorstellung amüsiert uns eher. Aber der Rest stimmt schon, was soll dieses Arbeiten? Wir finden, was wir brauchen." So drückte es der erste chimärische Marktforscher Diplom-Volkswirt Walter Dyrhoff 1846 in einer lockeren Stammtischrunde aus (aus den „Mitschriften von Dyrhoffs Worten", seines Sekretärs Werner Liebhold).

Dyrhoffs Stammtischbrüder sagten nichts dazu, dass der große Marktforscher eine Ausbildung hatte, damit Geld verdiente und in einer Kneipe saß. Das ist schon etwas anderes, als ohne Sorgen durch die Wälder zu hoppeln (Dyrhoff war Mensch-Hase) und sich von den Grasstoppeln zu ernähren.

Die modernen Betriebs- und Volkswissenschaftler sehen es differenzierter. Hier hat sich vor allem die junge Betriebswirtschaftlerin Frau Dr. Mavis Kubitza hervorgetan. Zwar zitiert sie in ihren Arbeiten wie selbstverständlich Dyrhoff. Das gehörte nicht nur zum guten Ton, den Altvater zu nennen, sondern sie ist überzeugt, dass er bahnbrechende Arbeit geleistet hatte. „Aber wir dürfen nicht vergessen: Die Zeiten haben sich geändert, die Techniken, Methoden und Instrumente der Wissenschaft sind feiner geworden." (So in ihrem Vortrag an der Volkshochschule im September 2016).

Kubitza hat das Fehlen eines echten Wirtschaftssystems und dessen Ersatzfelder eingehend untersucht und viele Zeitschriftenartikel und Bücher dazu veröffentlicht, die sich in Chimärazon immer in der Bestsellerliste weit oben befinden. Schon die Existenz von Chimärazon beweist, dass die Sachlage keineswegs so simpel ist, wie Dyrhoff es dargestellt hat.

Frau Kubitza hat ihre Forschungsergebnisse freundlicherweise für uns in einer kleinen Broschüre zusammengefasst. Diese Zusammenfassung findet sich sonst nirgendwo:

Ein Wirtschaftssystem, wie wir es von den Menschen kennen, haben die Chimären nicht aufgebaut. Das liegt in unserer Biologie begründet, wie Dyrhoff, der Vater der chimärischen Marktforschung, überzeugend erläutert hat.

Dennoch gibt es vereinzelte kleine Geschäfte bei uns. Viele Chimären arbeiten in der menschlichen Gesellschaft und kaufen dort ein.

Unsere eigenen kleinen Geschäfte verfügen über ein rein chimärenspezifisches Angebot, hier können wir Dinge kaufen, die Menschen nicht produzieren, weil sie dafür keine Notwendigkeit sehen. Lassen Sie mich zuerst ein anderes Beispiel bringen: Ein Mensch-Nashorn oder ein Mensch-Elefant braucht kein Spezialgeschäft, wenn er Socken kaufen möchte, die ihm nicht die Blutbahnen abschnüren. Er geht in ein Menschengeschäft und verlangt „Diabetikersocken in Größe 53". Schon ist sein Problem gelöst. Viele Dinge, die wir brauchen, finden wir in menschlichen Angeboten. Und es ist vollkommen vernünftig und vernunftbegabt, diese Produkte dann bei den Menschen zu kaufen. Warum sollen sie nicht an uns verdienen, wenn sie uns einen nützlichen Service bieten?

Im medizinischen Bereich stellt sich das anders dar. „Alles, was wir unterhalb der Taille aufzuweisen haben, lassen wir nicht gern von Menschen sehen." Ab und an sieht ein Mensch eine Chimäre z.B. im Wald so, wie die Natur sie geschaffen hat. Das führt dann zu weiteren überschäumenden Sagen über Chimären in der Menschenwelt, aber zu keinen ernsthafteren Konsequenzen. Ein Menschenzahnarzt kann uns behandeln, aber schon bei einer Schulter-Operation beginnen die Probleme, da von Ärzteschaft und Pflegepersonal nicht akzeptiert wird, dass Patienten sich im Rahmen einer ärztlichen Untersuchung weigern, ihre Hose usw. abzulegen.

Die Medizin floriert daher in unserer Gesellschaft ein wenig. Große Umsätze werden hier nicht getätigt, da wir Chimären in der Regel über eine ausgezeichnete Gesundheit verfügen.

Ein passendes Beispiel ist Chimärazon, unser Online-Büchershop. Wo sonst finden wir hilfreiche oder unterhaltsame Literatur nur für uns? Das menschliche Bücherangebot umfasst zwar Titel, die das Wort ‚Chimäre' enthalten. Dort dient es aber nur als Grundlage für einen Science-Fiction aus der Medizin oder als Stellvertreter für sonst einen Begriff. Da gibt es ein Buch mit dem vielversprechenden Titel „Das Prinzip der Chimäre: Eine Anthropologie des Gedächtnisses" von Carlo Severi. Das Buch ist aus dem Jahre 2018 und der Name Carlo Severi klang für mich fast chimärenhaft. Dann las ich den Anfang der Inhaltsangabe und wusste Bescheid: Hier werden wir einmal mehr verbal missbraucht! Lesen Sie selbst:

Der Ursprung der Chimäre ist eine bahnbrechende Studie über die rituellen und bildlichen Überlieferungen derjenigen Völker, die aus der Perspektive einer westlichen Moderne vor allem als »schriftlos« angesehen wurden. Das Buch argumentiert gegen eine wirkmächtige Tradition, die das kulturelle Gedächtnis dieser Völker als ungeordnet und unbeständig einschätzt, weil es auf so flüchtige Medien wie Ornamente, Körperkunst und Masken angewiesen war.

Und so weiter, und so weiter. Hätten wir eine Lobby bei den Menschen, könnten wir hier Widerspruch gegen diesen Abusus einlegen. Exemplarisch lässt sich erkennen, dass wir eigene Autoren, eigene Bücherläden brauchen – und zum Glück haben. Wobei öffentliche Bibliotheken deutlich zahlreicher sind als Bücherläden, in denen wir bezahlen müssen.

Was ist der Grund, dass in unserem System die gleichen Produkte umsonst und gegen Bezahlung angeboten werden? Viele Chimären passen sich in der Arbeitswelt den Menschen an und arbeiten in deren System. Das bringt ihnen Geld, das sie wiederum investieren können, aufschlussreiche Kontakte und Abwechslung: Nicht jede Chimäre streift den lieben langen Tag durch Wald und Feld.

Für diejenigen aber, die keine Berufsausbildung abgeschlossen haben und auch gar nicht abschließen wollen, müssen Möglichkeiten zur Verfügung stehen, elementare Dinge wie das Lesen genießen zu können.

Trotz unserer sozialen und intellektuellen Überlegenheit können wir so das menschliche System und dessen, wenn auch teils fragwürdige, Errungenschaften nutzen und unser eigenes System damit bereichern. Bei den Chimären herrscht ein Geschäftssystem, das die Menschen abfällig mit „Tante-Emma-Laden" bezeichnen. Die Chimärenläden sind klein, verfügen über ein spezielles Angebot und florieren zum Wohle aller.

Zum Schluss meiner Ausführungen möchte ich noch einen Appell an alle Leser richten: Ein Informant aus dem Bauamt hat mir berichtet, dass es einen Antrag gibt, am Westrand unserer Stadt zwei Hektar Wald zu roden und dort ein großes Einkaufszentrum nur für Chimären einzurichten. Es soll ferner Platz bieten für Arztpraxen, eine öffentliche Bücherstube, Cafés und kleine Bistros. Ich finde das eine äußerst ungesunde Entwicklung, da hat wohl jemand den Menschen zu genau auf die Finger geschaut. Bitte unterschreiben Sie die Petition am Ende dieser Broschüre „Wir brauchen kein Einkaufszentrum!"

Fest- und Feiertage

Chimären lieben Feste, feiern gerne, lang und unbändig. Deshalb haben sie einige menschliche Feiertage übernommen, andere ergänzt. Da sie den gregorianischen Kalender verwenden, ist die Orientierung problemlos. Bis zum Jahr 1745 besaßen die Chimären einen eigenen Kalender, was sich aber mit Einführung der industriellen Revolution für sie eher schädlich als nützlich erwies.

Menschen-Feiertage

1. Januar: Neujahr. Chimären ruhen sich von der Silvesterparty aus, man findet sie meist auf dem Rücken liegend und schlafend vor. Hier beginnt seit

Einführung des gregorianischen Kalenders ein neues Jahr.

6. Januar: Heilige Drei Könige. Wird als Karneval gefeiert. Auf jeder Party oder Veranstaltung werden drei Chimären ausgelost, die eine goldene Pappkrone aufgesetzt bekommen und einen roten Samtumhang umlegen. Dann dürfen sie regieren, d.h. Getränke ausgeben, sich eine Dame bzw. einen Herrn für weitergehende Vergnügen aussuchen und bekommen von jedem guten Essen den ersten Happen.

30. März: Karfreitag. Die Chimären interpretieren dies als Car-frei-Tag. Somit gilt, dass selbst die wenigen Autobesitzer, die es unter Chimären gibt, ihr Auto zu Hause stehen lassen und zu Fuß gehen. Gleichzeitig finden Straßenfeste statt, bei denen es reichlich zu essen und zu trinken gibt, allerdings bleiben die Getränke alkoholfrei, um die Kraftfahrzeuge zu ehren.

1. April: Ostersonntag. Bei Chimären gilt dieser Feiertag als besonderer Liebling und sie überlegen sich schon Wochen vorher, wo sie kleine Präsente für ihre Lieben verstecken können. Gerne werden für kleine Chimären Eidechseneier versteckt, die diese dann im Backofen bei geringen Temperaturen ausbrüten und später mit den kleinen Eidechsen spielen.

2. April: Ostermontag. Chimären spielen ausgiebig mit den Dingen, die sie am Ostersonntag gefunden haben, der Tag ist von morgens bis abends dem Spiel, der Lektüre usw. gewidmet. Chimären, die am Sonntag leer ausgegangen sind, können sich Ostersonntag ab 22 Uhr mit Adresse im Rathaus auf einer Pinnwand melden. Ein Bürgerservice wirft dann noch in der Nacht zum Ostermontag kleine Überraschungen in die Briefkästen. Es ist verboten, sich dort zu registrieren, wenn man am Ostersonntag schon ein Geschenk gefunden hat. Zuwiderhandlungen werden mit Gefängnis bis zu sieben Tagen bestraft.

1. Mai: Regierungs- und Gewerkschaftstag. Wie weiter oben erwähnt, dankt der König bzw. die Königin ab, was gefeiert werden muss.

10. Mai: Christi Himmelfahrt. Wird für Ballonfahrten genutzt. „Wenn so ein Christi aufsteigt, können wir das auch!", ist die erste Zeile eines Liedes, das zu diesem Anlass gern angestimmt wird. Es ist ein prächtiges Schauspiel, wenn Dutzende Ballons von nur einer Wiese aufsteigen und sich den anderen Ballons anschließen, die von anderen Wiesen aufgestiegen sind.

20. Mai: Pfingstsonntag. Der Tag gilt bei den Menschen als Geburtsstunde der Kirche. Findige Chimären haben daraus die „Geburtsstunde der Kirsche" gemacht. Am Pfingstsonntag werden Kirschbäume gepflanzt, Kirschkuchen gegessen, Kirschmarmelade gekocht usw. Kleine Chimären dürfen sich an diesem Tag als Kirsche verkleiden.

21. Mai: Pfingstmontag. Gilt als günstiger Tag, um mit dem Erlernen einer Sprache zu beginnen. Heiliger

Geist ist daher der Titel einer Videoreihe mit Fremd-sprachenkursen: Heiliger Geist / Englisch; Heiliger Geist / Französisch usw.

31. Mai: Fronleichnam. Bei den Chimären wird hier der Menschenscherz „Froher Leichnam" über-nommen. Die Chimären veranstalten Feste für verstor-bene Chimären. Das Fest beinhaltet kleine Reden zu Ehren des oder der Verstorbenen und Büffets mit reichlich Essen und Trinken.

15. August: Mariä Himmelfahrt. Normalerweise haben Chimären Menschenober- und Tierunterteile. Eine Ausnahme bilden gewisse Vögel, Dinosaurier und Drachen. Ihnen haften an den Schulterblättern Flügel an. Wenn diese Chimären klein sind, können sie nicht fliegen, ihre Flügel verheddern sich beim Spielen mit ihrer Kleidung oder mit Ästen. Im Alter von fünf Jahren erhalten diese kleinen Chimären am 15. August Flugunterricht. Danach sind sie selbststän-dig flugtauglich.

3. Oktober: Tag der Deutschen Einheit. Die Chimä-ren verstehen den Sinn dieses Feiertags nicht so ganz, aber das ist ihnen gleichgültig. Es gibt immer einen Grund zum Feiern, und so haben sie den Tag zum „Tag der deutschen Erbsensuppe" ernannt. In der vegetarischen Version ist sie bei allen Chimären äu-ßerst beliebt. Große Familien treffen sich an diesem Tag, und es wird ein riesiger Bottich Erbsensuppe auf die Festtafel gestellt.

31. Oktober: Reformationstag. Chimären begeistern sich für Reformationen und Reformierungen. Am Reformationstag wird eine Bühne in der Parkmitte aufgestellt und jede Chimäre kann eine Rede über eine Reformation halten, die sie sich wünscht oder besonders zu schätzen weiß. Am Rand des Rednerbereichs sind Tische mit Mikrowellenherden aufgebaut. Dort werden Würstchen, auch vegetarische, erhitzt und mit Senf an die Zuhörer verteilt, die meist Stunde um Stunde einer Rede nach der anderen lauschen.

1. November: Allerheiligen. Wie der Name des Feiertags schon sagt: An diesem Tag werden alle Heiligen geehrt. Dazu zählen solche, die es früher gab, solche, die es zurzeit gibt, und solche, die es werden wollen. Es gibt Freibier, Freischorle und Freisaft für alle.

21. November: Buß- und Bettag. Die Chimären halten das für einen Schreibfehler und nennen ihn den Nuss- und Betttag. Es werden die letzten Nüsse gesammelt und in Horden abgelegt. Außerdem wird der Park für Bett-, Matratzen- und Bettwäschehersteller als Messetag geöffnet.

25. Dezember: 1. Weihnachtstag. Da halten es die Chimären mit den Menschen. Man trifft sich in Gruppen und tauscht Geschenke aus, meist in essbarer Form.

26. Dezember: 2. Weihnachtstag. Dient der Ruhe, da der 1. Weihnachtstag mit so viel üppigem Essen und Feiern, Geschenke auspacken und verwenden gefüllt ist, dass es ohne einen Ruhetag zu Tumulten käme.

Chimärenfeiertage

Chimären, das ist aufgezeigt worden, feiern gerne. Sie finden die menschlichen Feiertage wunderbar, meinen aber, dass einige Monate unterrepräsentiert sind. Sie haben den Kalender daher ergänzt.

17. Februar: Tag des Ringelschwänzchens. Hier ist der Park für alle Mensch-Schweine geöffnet, die dann ihre Waren feilbieten, tanzen, singen und ihre Nicht-Mensch-Schweine zum Mitfeiern einladen können. Es gibt einen Wettbewerb „Schönstes Ringelschwänzchen", den Porcina Wuzzi vor drei Jahren für sich entscheiden konnte, sie war für ein Jahr lang Miss Ringelschwanz. Es gibt auch einen Mister Ringelschwanz.

6. Juni: Geburtstag. Immer wieder kommt es vor, dass sich eine Chimäre nicht an ihren Geburtstag erinnern kann oder dass die Eltern vergessen haben, ihn zu notieren. Für diese Chimären ist der 6. Juni ihr Geburtstag.

7. Juli: Monatsgeburtstag. Der Juli hat am siebten Geburtstag, alle Chimären mit dem gleichen Geburtstag bekommen einen Überraschungskorb mit Delikatessen am Rathaus überreicht. Man trifft sich dann im Park und feiert ausgelassen. Anders können Chimären sowieso nicht feiern.

27. Juli: Wettkampftag. Der ist allen Chimären gewidmet, die gern in Fertigkeiten und Kenntnissen miteinander wetteifern. Es ist grob zu vergleichen mit der menschlichen Olympiade, nur gibt es bei den Chimären deutlich mehr Disziplinen. Aufsatzwettbewerbe, Mensch-ärgere-dich-Nicht-Spiele, Langsamlaufen sind nur einige der Sportarten, die über die Olympiade, so wie wir sie kennen, hinausgehen.

1. September: Tag der Chimären. Die Kalenderhersteller geben zu, dass ihnen zu diesem Tag nichts Besonderes eingefallen ist. Am Tag der Chimären wird gefeiert. Wenn das Wetter wolkenfrei und trocken ist, werden im Park Tische und Bänke aufgestellt, der „Staat" spendiert Essen und Getränke. Wenn es regnet, sind Tische und Bänke von einem riesigen Festzelt überdacht.

Das Liebesleben, Teil 4

„Porcina, bitte, bitte, spann mich nicht auf die Folter, ich halte es sonst nicht mehr aus!" – „Seufz. Meine Suche scheint noch nicht zu Ende." – „Och Manno, das tut mir leid! So eine hübsche Chimäre wie du, rosig und wohlgeformt, nicht so haarig wie ich. Da war ich sicher, du findest bald den Richtigen." – „Wir sind erst zwei Wochen im Portal, ich denke, da dürfen wir nicht so ungeduldig sein. Aber vielleicht hast du ja Mister Right schon gefunden?"

Geneva grinste. „Also Tiefseegang, das war der totale Blindgänger. Aber erzähl erst mal von dir." –

„Ich habe richtig viel erlebt. Erst einmal war ja nachmittags das Treffen mit dem neuen Nachbarn. Ich hielt selbstverständlich meine Augen offen, man weiß doch nie, wo das Schicksal einen trifft. Aber von seinem blendenden Eber-Äußeren blieb nicht viel übrig. In der Schule zeigte ich ihm Räumlichkeiten und Geräte, da fing er an zu schleimen, dass eine Schnecke neidisch geworden wäre. Das fand ich merkwürdig. Er kam mir zudem ein wenig zu nahe. Dann fing er plötzlich an, mir von seinen garantiert ertragreichen Plänen zu berichten, irgendwelche Immobilien für Senioren in der Nähe des Parks. Er sei kurz vor Fertigstellung, ihm fehlten nur noch zehntausend Euro und ob ich nicht ... blablabla. Dieses plumpe Wesen wollte mir doch wahrhaftig Geld aus der Tasche ziehen! Na, dem habe ich aber mal gleich die Meinung geblasen, wohin er sich verziehen soll. Ich hoffe nur, dass ich ihm nicht zu oft im Treppenhaus begegne. Sonst gibt's Saures und ich werde lauthals kundtun, was das für ein Typ ist. Damit nicht andere auf ihn hereinfallen."

Geneva konnte kaum noch ihr Eishörnchen halten vor Aufregung. „Das ist ja scheußlich! Wie gut nur, dass du so ein heller Kopf bist und das schnell kapiert hast." – „Weniger bin ich ein heller Kopf, als dass er extrem plump ist. Arzt? Nie im Leben! Der konnte nicht einmal alle Kieferknochen korrekt aufzählen. Bei allen kleinen Fachfragen ist er ausgewichen. Ein Hochstapler der widerlichsten Güteklasse."

Porcina guckte traurig auf ihr Eishörnchen, die letzte Schokokugel war komplett aufgeschleckt. Geneva leckte gerade genussvoll an ihrer Erdbeereiskugel. „Und die Portal-Männer?" – „Eins habe ich gelernt: Die Fotos, die sie schicken, sind entweder zwanzig Jahre alt oder gephotoshoppt, dass es eine wahre Wonne ist. FranzWanderlust behauptete, er sei vierzig. Der Name Franz hätte mich misstrauisch machen sollen. Er ist mindestens doppelt so alt. Als ich ihm das auf den Kopf zusagte, meinte er, ja, klar, aber wenn er mir gleich sein wahres Alter genannte hätte, dann wäre ich doch nie zu einem Treffen bereit gewesen. Er sei doch ein gut situierter Rentner und ich doch offensichtlich schon zu alt, um noch Kinder zu bekommen."

Geneva schnappte nach Luft: „Nein! Du bist doch in der Blüte deiner Jahre, du hast noch mindestens zehn Jahre, um Kinder zu bekommen, und du siehst viel jünger aus. Unglaublich frech!" – „Der sucht doch nur eine Krankenschwester und Gesellschafterin für seine alten Tage! Nein, danke, das habe ich nicht nötig. Dann wurde er wahrhaftig zudringlich, typisch Stier eben, was so seine letzte Kraft hergibt." Sie kicherte. „Ich habe ihm dann mit meiner Handtasche eins über den Schädel gegeben, das hat ihn abgekühlt und er hat sich schleunigst aus dem Staub gemacht."

Geneva lief das Eis seitlich am Hörnchen herunter, weil sie so gebannt lauschte. „Oh je, gleich kleckert's auf meinen Rock, Sekunde bitte." Sie leckte das Hörnchen an der Seite ab und wischte sich die Hand mit einem gepunkteten Taschentuch ab. Anschließend knabberte sie den Waffelrand so weit herunter, bis ihre Zunge das restliche Eis erreichte.

„GuckDichUm war ebenfalls ein Reinfall. Knapp dreißig Jahre alt? Dass ich nicht lache, maximal neunzehn ist der picklige Bursche. Und von Romantik spricht er nur, weiß aber gar nicht, was das ist. Vermutlich hat er gelernt, dass dies so ein Reizwort bei Frauen ist. Er hat mir stundenlang von irgendwelchen Fußballclubs und Fußballspielen erzählt. Du weißt, dass ich eine ausgezeichnete Zuhörerin bin und viel Geduld habe. Sonst hätte ich wohl auch den falschen Beruf. Meine Höflichkeit hielt er bedauerlicherweise für Interesse. Nach drei Stunden endlosen Monologen seinerseits habe ich ihn unterbrochen und ihn darauf hingewiesen, dass es für mich Zeit war, mich zu verabschieden. Er wollte direkt einen zweiten Termin ausmachen. Ich war diesmal ausnahmsweise feige, habe ihm gesagt, ich sei wirklich sehr in Eile und er möge sich bitte per E-Mail melden. Dann habe ich seine E-Mails ungelesen gelöscht und bin nicht mehr ans Telefon gegangen. Nicht die feine Art, aber ich war dermaßen erschöpft, ich konnte das weder schriftlich noch mündlich erneut durchhalten, und sei es nur für ein paar Zeilen oder Minuten."

Geneva schüttelte fassungslos den Kopf. „Ich bewundere dich überhaupt, dass du dem Typen drei Stunden zuhören konntest. Fußball! Jedes gestandene Mannsbild sollte wissen, dass man bei diesem Thema doch bitte in der Gegenwart von Frauen erst einmal vortasten soll, ob die Dame seines Herzens sich für dieses Thema überhaupt erwärmen kann."

„Und dann noch der Dritte im Bunde, meine große Hoffnung: der Romantikhase. Als Erstes nervte mich seine näselnde Stimme. Er hält das wohl für romantisch? Die Intelligenz war sicherlich gespielt, verständnisvoll heißt bei ihm, keine eigene Meinung zu äußern. Ein gestandener Mann muss doch eine eigene Meinung haben! Und dann musste ich ständig lachen, wenn ich ihn gehen sah. Das ist bestimmt ungerecht und fies, er kann ja nichts dafür, dass er ein Tausendfüßler ist, wir können uns das Unterteil nicht aussuchen. Ich habe aber schon andere Mensch-Käfer-Männer gesehen, die sich nahezu normal bewegen. Aber der Romantikhase tänzelte die ganze Zeit um mich herum, statt sich einfach mal zu setzen. Sein Humor reicht auch nicht aus, um über sich selbst zu lachen. Du weißt, Geneva, wie wir über uns selbst lachen, wenn unsere Ringelschwänzchen nicht so wollen wie wir oder wenn wir barfuß schon mal über unsere Füßchen stolpern. Natürlich musste ich mal lachen, wenn er so geziert daherging. Dann umwölkte sich seine Stirn sofort und er wurde einsilbig. Ich habe dann nach einer Stunde offen gesagt, dass ich den Eindruck habe, dass wir nicht zusammenpassen. Statt das schlichtweg zu akzeptieren, warf er mir zum Abschied noch so ein paar Nettigkeiten an den Kopf: So dralle Frauen sind gar nicht mein Ding, so ein Schwabbelhintern ist nur was für Scheintote, ich sei eine typische Lehrerin und würde stets und ständig nur über mich selbst reden und meine Schüler täten ihm echt leid. So reagieren manche Männer, wenn sie in ihrer Eitelkeit gekränkt sind."

Geneva nahm ihre Freundin in den Arm: „Du hast dir doch hoffentlich diese grausamen Lügen nicht zu Herzen genommen?" – „Aber nein. Wir sind beide kräftig, muskulös, und keinesfalls schwabbelig. Und selbst wenn: Das ist eine Schnecke auch, und eine Mensch-Schnecke kann dennoch attraktiv sein. Die Ganzheit eines Wesens macht es." – „Und jetzt? Hast du immer noch Hoffnung?" – „Selbstredend. Die Statistik besagt, dass man in Chimärship durchschnittlich nach drei Komma sechs sieben drei Monaten den Richtigen findet. Durchschnittlich bedeutet, dass es auch merklich später sein kann. Ich halte durch. Lustig ist es auf jeden Fall, selbst bei Romantikhase habe ich hinterher noch lange geschmunzelt." – „Da bin ich ja beruhigt."

„Und wie war Ekki?", wollte nun Porcina von ihrer Freundin wissen. „Na, das mit Ekki war vielleicht ein Ding, das glaubst du mir nicht, wenn ich dir das erzähle; in jedem billigen Film würde man die Nase rümpfen über so viel unmöglichen Blödsinn." – „So, so, jetzt spannst du mich aber auf die Folter. Erzähl!"

Geneva nickte, „Aber erst hole ich uns noch etwas zu trinken. Wie wär's mit einem Vanilleshake? Ich lade dich ein." – „Sehr gerne! Ach, übrigens, hier ist das Geld von letzter Woche, das ich dir noch schulde." Sie reichte ihrer Freundin die abgezählte Summe.

„Danke, hatte ich schon ganz vergessen." Geneva holte die Shakes und setzte sich wieder neben ihre Freundin.

„Ich war richtig guter Dinge, fünf Minuten vor der Zeit am Treffpunkt. Da habe ich das Teelicht aufgestellt. Was ich nicht wusste, dass das Waldcafé an dem Abend Teelichter als Deko einsetzte. Meine Güte, wie dämlich ist das denn? Konnte Tiefseegang genannt Ekki gerade noch eine Nachricht schicken, von ihm kam: ‚Komme zehn Minuten später, bitte steck dir eine Serviette hinter die Ohren, damit ich dich erkenne LOL. Nein, im Ernst, du wirst mich an den Rosen erkennen. Das reicht, oder?' Ich habe eine geschlagene halbe Stunde gewartet. Dann war ich es endgültig leid, er hätte doch wenigstens mal eine Nachricht schicken können, dass er sich noch mehr verspätet, oder?"

„Allerdings! Jedem kann mal etwas dazwischenkommen, die Arbeit, ein Stau, aber einfach warten lassen ist nicht nett."

Geneva fuhr fort: „Nach einer halben Stunde geht die Tür auf und ich denke: Nee, bitte nicht schon wieder, dass alle denselben Gedanken haben. Da kam nämlich Dwight Zimmerbauer durch die Tür. Was macht ein Mensch im Waldcafé?, dachte ich mir so naiv, wie ich manchmal bin. Er sah mich natürlich auch sofort und wurde blass. Das war ihm wohl voll peinlich. Er kam auf mich zu: ‚Öhm, was machen Sie denn hier? Ich darf mal ganz offen fragen, was machen Sie bei Chimären?' Er scharrte mit den Füßen. Ich konterte prompt: ‚Dasselbe könnte ich Sie fragen!' Und da fiel bei uns beiden der Groschen. Ich fand das total lustig und kriegte einen Lachkoller, das war ihm voll peinlich, er scharrte immer wilder mit den Füßen und guckte unruhig hin und her. ‚Ist was?' habe ich unter Glucksen gefragt. ‚Na ja, so zum Lachen ist das nicht.'"

Porcina hatte ihren Shake abgestellt und hielt sich die Seiten vor Lachen. „Meine Backe, wie komisch ist das denn. Das hat doch alle Zutaten für ein Happy End!"

Geneva schüttelte energisch den Kopf: „Nein, der Typ ist zwar fast eine Schönheit, aber so etwas von humorlos, das reicht nicht einmal für eine Nacht. Ich habe ihn dann nach einer Viertelstunde gehen lassen, er guckte ständig nervös auf die Uhr. ‚Sie werden aber doch den Kollegen nichts sagen?‘, erkundigte sich der Feigling auch noch bange. Das habe ich ihm versichert. Ich werde bei Gelegenheit sowieso den Job wechseln, sonst breche ich doch jedes Mal in schallendes Gelächter aus, wenn ich den Mann sehe.“ – „Und was machst du? Weitersuchen wie ich?“

Geneva strahlte: „Nein, denn der Abend war noch nicht zu Ende. Ich bin an die Bar und wollte mir einen großen Mango-Milchshake gönnen, so als Trost für mich selbst. Da steht doch hinter der Theke so ein ganz süßer Barmann, anders kann ich das nicht sagen. Er hatte die Szene beobachtet und meinte, ob der Humor meines Begleiters gefriergeschockt gewesen sei und vielleicht wie Luftblasen aufsteigen würde, wenn ich ihn mit einem Eimer Wasser übergießen würde. Wir haben beide sowas von gelacht, uns weiter unterhalten. Ich mach's mal kurz – sein Name ist Daniel Auhagen, ein Mensch-Nashorn-Mann, der absolute Traumtyp und total verknallt in mich – in mich, ich kann's immer noch nicht fassen. Wir sehen uns fast täglich und sind so glücklich. Wenn das hält, dann habe ich wirklich den Mann fürs Leben gefunden. Ich könnte stundenlang von ihm schwärmen. Wir treffen uns auch gleich wieder!“

Porcina drückte ihre Freundin spontan an sich: „Wie mich das freut! Da hast du ja quasi ein paar Richtige im Lotto getroffen. Möge es so bleiben!“

„Es ist so unfassbar, ich kneife mich manchmal in die rechte Hinterbacke, um festzustellen, ob ich träume. Er hat mich einmal nach dem Dienst vom Krankenhaus abgeholt. Ich kann dir sagen, die neidvollen Blicke der Kolleginnen haben mir den Nachmittag versüßt. Aber blendendes Aussehen ist eines, das kennst du ja – er ist aber auch sonst so aufmerksam, liebevoll und freundlich. Er ist schon ein paar Mal mit Frauen reingefallen, die seine Gutmütigkeit ausgenutzt haben. Das hat ja nun ein Ende." – „Bei dir, liebe Freundin, ist er eindeutig in den besten Händen! Und ich habe wieder zahlreiche Dates verabredet, irgendwann werde ich bestimmt auch den Richtigen treffen." – „Das gönne ich dir von Herzen! Ich habe mein Profil übrigens gelöscht, wozu sollte ich in dem Portal bleiben?" – „Stimmt! Wir sehen uns trotz Traummann nächste Woche?"

Geneva summte: „So schön kann doch kein Mann sein, dass ich dich dafür hängen lasse." Wie so häufig, verabschiedeten die beiden sich lachend.

Mein schönster Ferientag

„Jedes Jahr dasselbe Thema für den ersten Aufsatz nach den Ferien!", schimpften die Chimären von der zweiten bis zur dreizehnten Klasse. „Das machen diese Lehrertypen doch nur, weil sie kein eigenes

Leben haben und furchtbar neugierig sind, ätzend, echt."

„Alter, nun mal halblang. Ist doch irgendwie auch cool, wenn wir in unseren Schulheften nach Jahren noch lesen können, was wir in den Ferien erlebt haben." – „Schulhefte? Wo lebst du denn? Ich schreibe meine Aufsätze schon lange auf dem Laptop!" – „Blödmann, ich auch, aber ich drucke sie aus und sammle die Gelungenen."

Eine kleine Chimäre strahlte Rollo verliebt an: „Aber deine Aufsätze sind immer gelungen, ich würde mir gern mal deine Sammlung anschauen." Rollo schaute Irina irritiert an. „Öhm, ja, irgendwann mal."

Irina ging zurück zu ihren Freundinnen und erzählte voller Enthusiasmus, dass sie mit Rollo ein Date habe. „Mit Rollo? Dem Langweiler? Der kennt doch nur seine Bücher!" Irina zog ein Schüppchen: „Das ist überhaupt nicht wahr! Er ist total interessant und sieht auch noch aus wie Justin Bimbo Eber!"

Während die Mädels noch über Rollo und seine vermeintliche Ähnlichkeit mit dem Popstar diskutierten, war Rollo in die Bibliothek gegangen. Er wollte einige Fakten nachschlagen, bevor er sich heute Nachmittag an den Aufsatz setzte. Nur noch einmal überprüfen, dass die wesentlichen Punkte im Chimärennet nicht völlig falsch wiedergegeben waren. Er lieh sich drei Bücher aus. Die Bibliothekarin, eine Mensch-Otter-Frau, kannte Rollo gut. Er kam regelmäßig, um sich Bücher auszuleihen. So eine liebenswerte Leseratte war der junge Mann! Sie hatte sich mit Kollegin Wuzzi über Rollo unterhalten und so erfahren, dass er der Klassenbeste ohne Zusätze in der Jungsabteilung war. Er würde den Übergang ins Gymnasium problemlos schaffen, vielleicht gehörte er zu den wenigen Chimären, die bei den Menschen steil die Karriereleiter emporklommen.

Rollo kam um zwei Uhr nach Hause. „Hallo?" Niemand antwortete ihm. Er konnte sich einfach nicht merken, wann seine Mutter mittags schon zu Hause war und wann nicht. Offenbar war heute ein Tag, an dem sie bis abends arbeitete. Rollo ging zum Kühlschrank: Da herrschte eher gähnende Leere. Wie oft hatte er versucht, seiner Mutter etwas über die Organisation eines Haushaltes zu vermitteln, aber sie kokettierte mit ihrer Unordnung. Sie strich ihm über den Kopf: „Ach, Rollo, ich versuche das wirklich immer so, wie du es mir erklärst. Aber ich habe so viel im Kopf, und das fällt mir wieder raus. Wenn doch etwas fehlt, du weißt ja, wo unser Notgroschen steckt, dann holst du dir einfach was." Der Notgroschenplatz war meist leer, weil Helene vergaß, ihn aufzufüllen.

Rollo nahm den letzten Liter Milch und die Packung Heidelbeeren aus dem Kühlschrank. Heidelbeeren waren zum Glück immer reichlich im Haus, da die ganze Familie versessen auf diese Früchte war. Im Drehschrank entdeckte er eine Packung Haferflocken und Schokotränen. In eine große Schüssel schüttete er Haferflocken, Heidelbeeren und Schokotränen, goss die Milch über alles, rührte einmal durch. In einer Viertelstunde wäre das total lecker. Wie gut, dass eines seiner Lieblingsessen so unkompliziert herzustellen war! Ein anderes Leibgericht waren die Pfannkuchen, die seine Mutter sonntags buk. Niemand konnte Pfannkuchen so lecker machen wie sie! Sie war insgesamt eine gute Köchin. Nicht alle Chimären hatten das große Glück, dass zu Hause jemand etwas Schmackhaftes zubereitete. Von Irina wusste er beispielsweise, dass sie immer mit Eltern und Geschwistern durch den Wald zog, um Beeren und Wurzeln zu sammeln. Sein Gewissen klopfte ein wenig, weil er sie auf dem Schulhof so grob abgefertigt hatte. Eigentlich war sie nett. Ja, wenn er sie das nächste Mal allein anträfe, würde er sie zu einer Schüssel Haferflocken-Heidelbeeren-Schokotränen mit Milch einladen.

Er klappte seinen Laptop auf, legte sich die Bücher bereit und öffnete ein neues Dokument. Er wusste immer sofort etwas zu schreiben, niemals starrte er minutenlang auf ein leeres Blatt. So fing er auch heute Nachmittag unverzüglich an, seine Erlebnisse aufzuschreiben. Er öffnete ein anderes Dokument, in dem er sich während der Ferien Notizen gemacht hatte. Warum taten das nicht alle Schüler? Er schüttelte den Kopf. Es war doch so simpel, weil alle wussten, was nach den Ferien kam.

Mein schönster Ferientag – Im Dinomuseum

Zum letzten Geburtstag haben mir meine Eltern eine Eintrittskarte zum Dinomuseum geschenkt. Da ich im Februar Geburtstag habe, musste ich einige Monate warten, bis wir endlich die Reise dorthin antreten konnten. Es sind immerhin zwei Stunden Fahrt mit der Bahn.

Das Museum ist ein imposanter Bau. Von der Ferne gleicht das Gebäude einem Dinosaurier, einem Tyrannosaurus Rex, der berühmten Dinosaurier-Drachen-Chimäre. Als wir näherkamen, war die Gesamtform nicht mehr erkenntlich, sondern vor unseren Augen zeigten sich versetzte Backsteinwände mit vielen Fenstern, kreisförmigen, ellipsenartigen, rechteckigen, rautenförmigen.

Am Eingang stehen zwei Diplodocusse. Dies sind sauropode Dinosaurier aus West-Nordamerika, sie lebten in der Zeit der Oberjura. Der rechte ist ein Münzautomat für das Eintrittsgeld, der linke ein Automat, der die Tickets ausspuckt. Alle Museumsmitarbeiter tragen Dino-Kostüme und auf dem Rücken ein Schild, das erklärt, um was für einen Dinosaurier es sich handelt, welcher Zeit er zuzurechnen ist und an welchem Audio-Visio-Board man sich weitere Kenntnisse über genau diesen Dino-Typ aneignen kann.

Von innen ist das Erdgeschoss des Museums aus relativ ähnlichen Räumen gestaltet. Der Grundriss ist rechteckig, vom Rechteck aus gehen Erker ab. Die Wände der Erker sind aus Backstein und in sie sind die Fenster eingelassen. Dabei sind die Fenster so gewählt, dass an den meisten Tageszeiten kein Kunstlicht erforderlich ist.

Jeder Raum ist einem speziellen Dinosaurier gewidmet. Dieser steht hinten an der Wand, originaltreu nachgearbeitet. Rechts und links davon gibt es Vitrinen mit Knochenstücken, die zu ihm gefunden wurden. An der rechten Wand gibt es Bildschirme mit audiovisuellen Materialien zum Anhören und Anschauen. An der linken Wand steht ein Regal mit Büchern zu diesem Dino-Typ. Da manche Dinosaurier im selben Buch beschrieben werden, gibt es einige Bücher mehrfach, je eins pro entsprechendem Raum.

Am Eingang steht ein Schild, auf dem die Fütterungszeiten angegeben sind. Die Fütterung der Dinosaurier ist ein Riesenspektakel. In der Mitte des Raums öffnet sich ein Kreis im Boden und eine Art Bühne kommt nach oben. Auf ihr wird in Hologrammen oder als dreidimensionale Filme das Fressverhalten des jeweiligen Dinosauriers nachgeahmt.

Der aufregendste Teil befindet sich im ersten Stock. Dort bedeckt ein Saal, der mindestens viermal so groß ist wie die Räume im Erdgeschoss, fast die gesamte Grundfläche. In den Riesenvitrinen dort werden Kämpfe dargestellt. Am Rand laufen auf Riesenleinwänden Filme mit weiteren Kämpfen. Neben dem Saal liegt ein großer Raum mit Kostümen. Mit Hilfe des Aufsichtspersonals kann sich jeder Besucher zum

Dinosaurier seiner Wahl verkleiden lassen. Mit der Kostümierung erhält er eine Art E-Book-Reader, der Anweisungen dazu enthält, was man darstellen soll. Es gibt Kämpfe, Fressszenarien, Schlafereignisse usw.

Ich hatte mich für einen Deinonychus antirrhopus aus der Gruppe der Dromaeosauridae entschieden. Meine Aufgabe war es, mit einer Rhino-Schlangen-Wellensittich-Chimäre um die Vorherrschaft zu kämpfen. Das war sehr aufregend, auch wenn ich den Kampf verloren habe.

Unten am Empfang gibt es einen kleinen Raum, in dem Souvenirs angeboten werden: Bücher über Dinos, kleine Plastikdinos, Verkleidungen, Audiomaterial, CDs und DVDs.

Meine Eltern hatten mir neben den Eintrittskarten auch noch einen Gutschein für diesen kleinen Laden geschenkt. Davon habe ich mir mehrere Plastikdinos und zwei Kostüme gekauft. Bücher finde ich über die Fernausleihe, ebenso das Bild- und Tonmaterial. Allerdings habe ich den Museumskatalog gekauft, weil er im freien Buchhandel nicht erhältlich ist.

Ein Flügel des Museums sei ebenfalls erwähnt, der sich eher – vom Eingang aus gesehen – hinten befindet: ein Bistro-Café-Restaurant. Neben Kuchen in Dinoform gibt es Mahlzeiten, die aussehen wie das, was die Dinos früher verzehrt haben. Pfannkuchen in Blatt- oder Vogelform, Pudding wie Meeresalgen usw. Ich habe einen rot-grün-blauen Marmorkuchen ausgesucht, der wie ein kleiner Theropode im Schlafen seinen Kopf unter die Arme gesteckt hatte, um ihn warmzuhalten.

***

Rollo las sich seinen Text durch. Ja, das war genug. Er feilte an einigen Formulierungen, druckte den Text als PDF-Datei aus und schickte ihn an Frau Wuzzi.

Drei Tage später erhielten die Schüler ihre Aufsätze zurück. Rollo hatte wie meist eine ausgezeichnete Note erhalten. Nach dem Unterricht nahm Porcina Rollo zur Seite.

„Rollo, was du geschrieben hast, ist sehr plastisch und unterhaltsam, dazu gewinnen wir beim Lesen sogar eine Reihe von Informationen. Ich habe allerdings im Museumsverzeichnis gar kein solches Museum gefunden. Wie erklärst du mir das?"

Rollo wurde rot und guckte auf seine Füße. „Nun, erzähl schon! Der Aufsatz ist als solches einfach gut, du kannst mir die Wahrheit sagen, ohne dass deine Note abgewertet wird. Es sei denn, du hast den Text abgeschrieben!"

Der Chimärenjunge schaute entsetzt hoch: „Ich habe nichts abgeschrieben! Und was ich aus anderen Quellen habe, ist korrekt zitiert!" – „Ist ja gut, Junge. Aber nun sage mir doch bitte, wo dieses Museum steht, das wäre nächstes Jahr ein gelungenes Ziel für eine Klassenfahrt."

Rollo schaute zur Seite und flüsterte: „Das Museum gibt es nicht." – „Aber du hast es doch so detailliert beschrieben, die Architektur, die Einzelheiten! Hast du dich an einem anderen Museum orientiert?"

Rollo schüttelte den Kopf: „Nein. Aber ich werde dieses Museum bauen, denn ich will Architekt werden!"

Porcina staunte. „Und ich hatte immer gedacht, du bist so der sachliche Typ, aber du hast eine wundervolle Fantasie. Ich bin sicher, dass du einmal ein Architekt von Weltklasse wirst!" Porcina lächelte Rollo zu und schloss die Klasse hinter sich. Auf dem Gang stand Irina und drehte mit den Fingern eine Haarsträhne. Porcina ging den Gang herunter, dem Ausgang zu. Rollo grüßte sie:

„Hallo Irina." – „Hallo Rollo." – „Magst du Haferflocken mit Blaubeeren und Schokotränen?" – „Keine Ahnung." – „Willst du das mal probieren?"

Irina nickte vehement: „Sehr gerne. Blaubeeren kenne ich zwar, aber wir essen die meist mit Brennnesseln." – „Hast du heute Nachmittag schon was vor?"

Irina schüttelte den Kopf, wobei sie wohlweislich ihren Gitarrenunterricht und die Logopädiestunde vergaß, zu der sie regelmäßig ging, weil sie manchmal lispelte.

„Wie wär's, du kommst mit zu mir und meine Mutter macht uns so ein Riesenmüsli? Und anschließend lese ich dir meinen neuen Aufsatz vor."

Irina hüpfte vor Begeisterung auf einem Bein. „Ja, ja, total gern!"

Der Tod

Chimären sterben, genau wie Menschen und Tiere. Sie sind etwas langlebiger, das Durchschnittsalter von Chimären beträgt unabhängig vom Geschlecht 193,573535 Jahre, grob gesagt als einhundertdreiundneunzig einhalb Tage.

Wie sie sterben, hängt nicht nur von Krankheiten ab, sondern unterliegt auch ihrem Charakter. Manch eine Chimäre verabschiedet sich nicht einmal von Verwandten und Freunden, sondern wandert ohne weitere Ankündigung in einen großen dunklen Wald, legt sich unter einen Baum mit breiten Ästen. Dann atmet sie einige Minuten bis zur Tiefenentspannung. Die Tiefenentspannung führt sie direkt mehr oder weniger schlafend in den Tod. So den Mächten der Natur ausgesetzt, zerbröselt sie innerhalb weniger Tage. In der Regel stellen die Verwandten dennoch einen Gedenkstein auf dem Friedhof auf.

Chimären, die etwas größeres allgemeines Interesse wecken wollen, geben in persönlichen Mitteilungen oder per Zeitungsanzeige (heute oft in Online-Portalen) bekannt, wann sie den letzten Hauch auszuatmen gedenken. Bis dahin sitzen sie daheim in einem gemütlichen Lehnstuhl. Verwandte und Bekannte kommen vorbei, bringen Geschenke und verabschieden sich. Es gibt Fälle, in denen ein kleiner Kreis Nahestehender die sterbenswillige Chimäre zum Wald begleitet. Einer aus diesem Kreis legt eine warme Decke über sie, sobald sie einen passenden Baum gefunden haben, und dann lassen die Freunde und Verwandte sie allein.

Stärker menschlich orientierte Chimären bereiten ihre eigene Beerdigung vor, wenn sie spüren, dass „es bald so weit ist". Sie geben beim Steinmetz einen geschmackvollen Stein in Auftrag und suchen sich einen Ruheplatz aus. Sie laden Verwandte, Freunde und Bekannte zu ihrer Beerdigung ein, an der sie selbst teilnehmen. „So höre ich wenigstens, was die alles über mich erzählen!", wurde einst eine bekannte Chimäre zitiert. Nach dem Leichenschmaus ziehen sie sich in eine kleine Kammer am Friedhof zurück, wo sie in Frieden mit sich und der Welt einnicken. Von dort werden sie in einem Sarg zum Grab transportiert und in die Erde eingelassen.

Ein bisschen von oben herab wird über Chimären gesprochen, die solche Riten nicht befolgen, sondern sich wie ihre Menschengeschwister bis zuletzt ans Leben klammern: Sie sterben auf dem Krankenbett oder ohne Vorbereitungen. In solchen Fällen kommen die Verwandten und Freunde zum eigentlichen Begräbnis, so wie es bei den Menschen üblich ist.

Chimären, die plötzlich aufgrund eines Unfalls oder Unglücks sterben, werden menschennah beigesetzt. „Selbstmord gibt es bei Chimären nicht!", behauptet Dr. Walter Weiss, ein Mensch-Iltis-Mann und berühmter Mortologe, in seinem Buch „Wir leben und wir sterben, aber anders!" (2005). Diesen Ausspruch kritisiert niemand offen, aber hinter vorgehaltener Hand wispern sich die Chimären zu, dass sie mindestens einen Vetter oder Cousin siebzehnten oder zwölften Grades kennen, der sich das Leben genommen hat. Niemand widerspricht Dr. Weiss öffentlich, er ist ein empfindsamer Mann und würde das nur schwer verkraften.

In Kapitel siebzehn des o.a. Buches stellt Weiss eine weitere ungeheuerliche Behauptung auf: „Chimären sind friedfertiger als Menschen und waren dies seit uralten Zeiten. Morde sind in Chimärengesellschaften unbekannt und Kriegsvorbereitungen werden bereits im Keim von den Soldaten erstickt, weil sie sich ein lauschiges Plätzchen suchen und ein Schild neben sich stellen: *Bitte wecken, wenn Krieg vorbei!*"

„Das ist Political Correctness von der übelsten Sorte", ereiferte sich die junge Historikerin Ebba Zeldner, eine Mensch-Feldmaus-Frau in einem Interview mit dem Magazin „Sterben mit Spaß" (12. Jahrgang, 6. Ausgabe, 13. Juni 2012). „Wir können die

Augen doch nicht vor der Wahrheit verschließen und solche Dinge behaupten. Warum nicht auf die Fakten schauen? Steintafeln und Pergamentdokumente sind nicht die ersten Zeugen furchtbarer Chimärenkriege. Und dass die Menschen nicht die Dinosaurier vom Erdboden gefegt haben, ist unter erwachsenen und gebildeten Chimären kein Geheimnis. Wir sind den Menschen überlegen, keine Frage, aber dennoch gab es Kriege mit Metzeleien und anderen schrecklichen Ereignissen in unserer Geschichte, genauso wie es heute Raub, Mord und Vergewaltigungen gibt, es spricht nur niemand darüber!" Als sie diese Behauptung in einer Fernsehtalkshow wiederholte, war es totenstill im Studio, man hätte eine Chimärenfeder fallen hören können. Weiss löste nach Übertragung des Interviews seine Verlobung mit Ebba. Unterstützung erhielt sie vom Kriminologen Rudolf Kringel, einem Mensch-Tauben-Mann, der konkrete Zahlen vorlegte: „Die Statistik zeigt Gewaltverbrechen mit fallender Tendenz in den letzten Jahrzehnten. Sie lag immer unter den entsprechenden Zahlen bei den Menschen, aber es gibt fehlgeleitete Chimären!"

Diese Talkshow löste Tumulte und Schlägereien in der Bevölkerung aus, in deren Verlauf siebenundfünfzig Chimären starben. Die Begräbniszeremonie wurde im Fernsehen übertragen.

Coaching

In vielen Dingen äffen die Chimären die Menschen nach, auch wenn sie immer so tun, als fänden sie alles Menschliche affig.

Die Esoterikwelle hatte deshalb vor den Chimären nicht haltgemacht, ist aber mittlerweile abgeebbt. Bücher über Reiki-Training, Hellsehen, Reinkarnation, Geistheilung, Kartenlesen usw. werden zu Schleuderpreisen angeboten und finden dennoch nur wenige Käufer. Nur die ganz Gewitzten schlagen zu, denn sie wissen, dass alles irgendwann wiederkommt. Und dann können sie ihre Ramschliteratur profitabel wieder verkaufen. Einige Reikilehrer, Hellseher, Geistheiler usw. kaufen diese Bücher ebenfalls, wenn sie noch nicht mitbekommen haben, dass es heißt, sich auf etwas Neues einzustellen: das Coaching.

Das erste Coaching-Buch *Couch und Coach* erschien 1998 in einem Chimärenverlag. Konrad Ellermassel hatte es als Persiflage auf Menschenliteratur geschrieben. Als er feststellte, dass ihm das Werk aus den Händen gerissen wurde, erkannte er die Gunst der Stunde. Er ernannte sich zum Coachtutor und geprüften Coachprofessor und gründete seine eigene Privatuniversität. Er heuerte ein paar Gleichgesinnte an und ließ die erste Auflage des Buchs einstampfen. Die zweite Auflage enthielt keine Hinweise mehr darauf, dass es nicht ernstgemeint war.

Von da ab war der Siegeszug der Coaches und des Coachings nicht mehr aufzuhalten. Jede Chimäre, die etwas auf sich hielt, suchte sich einen Personal Coach oder ließ sich zumindest in größeren Seminaren weiterbilden. Die Coachinginstitute schossen wie Pilze aus dem Boden, sie vergaben Zertifikate, Diplome und andere Auszeichnungen. Für jede Sparte des Chimärenlebens gibt es mittlerweile spezielle Coachings.

Den neusten Trend hat Ellermassel verschlafen. Eine gewitzte Absolventin seiner Kurse hatte nach Investition von etwa dreißigtausend Euro in Ellermassels Institut die Nase voll und wollte selbst mehr vom Eurokuchen abhaben. Drei Tage lang verbrachte sie in einem Kloster in der Mongolei, bis ihr die Erleuchtung kam. Sie hatte sich intensiv mit dem menschlichen Coaching beschäftigt und den neuesten Trend herauskristallisiert. Ihr erster Kurs, ein Online-Seminar, schlug in der Coachinglandschaft ein wie eine Bombe:

„Wem soll ich vertrauen: Herz, Kopf oder Darm?"

Im Grunde hatte sie nur die Diskussion der Menschen über Herz und Kopf übernommen, wie das aber häufig bei Nachahmungen ist, galt auch hier: Nachgeahmtes, um nicht zu sagen: Gestohlenes, ist erfolgreicher als das Original.

Sabine Alamander war von einer Geschäftstüchtigkeit, die Ellermassel blass werden ließ vor Neid. Sie ließ sich ihren Kurs patentieren, den Schriftzug „Herz-Kopf-Darm" als Marke eintragen und für die Abkürzung HKD beantragte sie erfolgreich die Registrierung als Warenzeichen. Ihr erstes Seminar: „HKD® – dein Eintritt in ein neues Leben" fand einmal pro Woche statt und war auf Monate ausverkauft. Ellermassel besuchte dieses und andere Seminare am HKD®-Institut, jedoch unter dem falschen Namen Siegfried Pinne, er verkleidete sich entsprechend. Er war einer der erfolgreichsten Absolventen des Instituts, nach siebzehn Kursen durfte er sich Diplom HKD®-Coach nennen.

Sabine war nicht zu bremsen. Sie entwickelte einen Lehrgang nach dem anderen, alle waren ausverkauft. Immer wieder rief sie ihren Teilnehmern von der Bühne zu: „Höre auf deinen Darm, los, sprecht mir alle nach: Wir hören auf unseren Darm!" In blinder Begeisterung schrien die Massen diese Worte. Es war teils ein wenig unheimlich.

Nach einem Jahr beschloss sie, sich auf die Coachausbildung zu konzentrieren und keine allgemeinen Seminare mehr anzubieten. Die Kurse waren ebenfalls auf Monate ausverkauft.

Sabine wollte weiterkommen, denn ihr hohes Einkommen reichte immer noch nicht für eine Finca auf den Kaiman-Inseln. Geschickt traf sie eine Auswahl unter ihren ausgebildeten Coaches. 2012 nahm sie am Ende der dreijährigen Ausbildung zum Diplom

HKD®-Coach die Absolventen unauffällig einzeln beiseite und erzählte jedem, dass er zu den Besten der Besten gehöre, falls er (sie) nicht überhaupt der Beste sei, den sie seit langem ausgebildet habe. Dabei beobachtete sie den Brustbereich ihrer Gesprächspartner scharf. Den drei Absolventen mit der am steilsten geschwollenen Brust machte sie ein Angebot, das diese vor lauter Glückseligkeit kaum ausschlagen konnten: Gegen die geringe Gebühr von einhunderttausend Euro könnten sie mit zwei Kollegen zusammen die Leitung des Instituts übernehmen, was wegen des überragenden Talents unweigerlich zu weiteren Erfolgen führen würde. Alle drei nahmen den Vorschlag mit Begeisterung auf. Ob sie alle genug gespart hatten oder Kredite aufnahmen, ist nicht bekannt.

Dann kam die große Ernennungsveranstaltung. Sabine hielt unter tosendem Beifall eine Rede, stellte die drei Leiter des Instituts vor und bekannte, dass sie eine Pause brauche, um ihren ausgepowerten Geist und Darm mit neuen Ideen zu füllen. Sie vertraue völlig auf ihre Nachfolger, die ebenfalls mit Standing Ovations begrüßt wurden.

Sie selbst werde auf einer einsamen Insel in einer Art Kloster weilen und sich auf ihren eigenen Darm konzentrieren, um neue Kraft zu gewinnen. „Ohne euch, ohne meine Coaches, wäre mein Dasein ein elendes. Ihr gebt mir alles, was ich brauche!" Wieder tobte der Beifall. Rollo, der von seiner Tante eine Eintrittskarte zu diesem Vortrag geschenkt bekommen hatte, stand in der ersten Reihe und überlegte, ob er Sabine fragen sollte, ob es für seine Entwicklung etwas zu sagen habe, wenn er Durchfall habe. Er grinste bei der Vorstellung, eine so profane Frage zu stellen. Sabine war gut gelaunt, in ihrer Handtasche befanden sich die Überschreibungsurkunde für die Finca und ein Flugticket. Sollte das Geld doch einmal knapp werden, obwohl sich die neue Leitung verpflichtet hatte, ihr zehn Prozent des Umsatzes zu überweisen, könnte sie auf der Finca Seminare für Topmanager anbieten, sie hatte den Titel schon parat „Darm in leitender Position". Sie war in Topstimmung und hätte sich am liebsten von jedem Zuhörer mit Handschlag verabredet. Ihr wurde warm ums Herz, als sie den jungen Mann in der ersten Reihe sah. Dass sie diese Altersgruppe so begeistern konnte, was sollte da ihren kometenhaften Aufstieg unterbrechen? Sie entschloss sich zu einer Geste der Großzügigkeit, die alles bisher in ihrem Institut Dagewesene in den Schatten stellen würde. Sie rief den jungen Mann zu sich. „Wie heißt du?" – „Rollo." – „Okay, Rollo, du erhältst von mir einen Gutschein für den neuen Ausbildungsgang *Coach sein ist gar nicht so schwer, nur die Verdauung* im Wert von dreitausend Euro geschenkt!"

Rollo sah sie an und kicherte bei der Vorstellung, dass er seine Oma in den Kurs schicken würde. Sabine schaute in die Menge: „Ach, ist das nicht entzückend, wie nervös und verlegen junge Chimären doch immer sind? Aber nach Absolvierung des angekündigten Seminars wird unser Rollo hier eine neue Chimäre sein!"

Damit verließ sie die Rednertribüne und begab sich zum Hinterausgang des Instituts. Eine Menschentraube mit Mikrofonen und Kameras in der Hand empfing sie. Die Presse hatte also Wind bekommen. Kein Problem, sie sagte noch ein paar schlaue Sätze, lächelte possierlich in die Kameras und verabschiedete sich mit den Worten „Sorry, mein Flieger geht bald. See You All Very Soon". Das Taxi holte die Verzögerung bis zum Flughafen mühelos auf.

Kunst

Chimären haben ein Faible für Kunst. Häufig treffen wir sie in Konzertsälen, bei Popkonzerten, in Galerien und Museen. Die Chimären selbst stellen einige bedeutende Künstler.

Bildhauerei

Die Bildhauerei liegt ihnen sehr am Darm, was weiter nicht verwundert. Ihre Körper allein bieten so viele Anlässe, ein Vorbild für eine Statue zu werden, da wäre es verwunderlich, wenn sie nicht selbst zu Ton und Stein gegriffen hätten. Weniger ehrgeizige Bildhauer sind in der Chimärengesellschaft geblieben, andere haben sich bei den Menschen einen Namen gemacht. In neuester Zeit wird gern der Tierbildhauer August Gaul (1869-1921) genannt. Heute würde er sich vermutlich Gideon Aul nennen, aber im vorletzten Jahrhundert war die Namensentwicklung noch nicht so weit fortgeschritten. In Berlin und Umgebung finden sich mehrere seiner Werke.

Ebenfalls aus dem vorletzten Jahrhundert erreichen uns die Werke von Ludwig Schwanthaler (1802-1848), Robert Baerwald (1858-1896), Ernst Julius Hähnel (1811-1891) u. v. a. mehr.

Es gibt auch die Chimäre in der Bildhauerei als Objekt, die bekanntesten finden wir in der österreichischen Hauptstadt Wien am Neptunbrunnen Schönbrunn: zum Beispiel die Tritonen, halb Mensch-halb Fisch.

Die Chimärenbildhauer, die in ihrer eigenen Gesellschaft bleiben, legen keinen Wert auf einen großen Namen, was sich bei Literatur und Malerei beispielsweise durchaus anders zeigt. Man braucht nur durch einen Wald zu streifen und erblickt plötzlich in einer kleinen Lichtung eine Chimärengruppe aus Bronze. Das spontane Erschaffen von Kunstwerken macht zum Ärger der Stadtverwaltung nicht vor den Städten halt. Immer wieder müssen Räumkommandos riesige Monumente von den Straßen oder Kreuzungen entfernen. Auch Privatleute schätzen es nicht immer, dass ihre Garageneinfahrten Brutplätze einer Ton-Mensch-Igelfamilie oder eines prächtigen Mensch-Drachen

sind. Trotz dieser kleinen Missstände ist die Bildhauerei sehr beliebt. Bildhauerei ist neben dem allgemeinen Fach ‚Kunst' ein Angebot vom Kindergarten über
die Grundschule bis zum Gymnasium. Bildhauerei als
Studienfach gibt es nicht. „Was brauchen wir einen
Studiengang Bildhauerei? Jeder von uns kann eine
Statue von hohem Wert errichten oder ein kleines
Relief anfertigen. Es liegt vermutlich an unseren
Darmverschlingungen, dass uns diese Kunst quasi in
den Schoß gelegt wurde, um ein Wortspiel zu verwenden", so die Kunsthistorikern Beatrix von Bismarckhering (geboren 1963).

Malerei

Chimärische Maler begeistern sich für Monumental-
gemälde und den Surrealismus. Wenn sie in Museen
Werke von Dürer sehen, schütteln sie verwundert den
Kopf. Michelangelo und andere Kirchenmaler bewundern sie. Bei der Monumentalkunst beeindrucken die
Werke von Ferdinand Hodler. Wie von Bismarckhering 2012 nachwies, ist der Name Hodler eine ver-
kürzte Form von „Ho Ho Adler!" Was schon zeigt,
wer da in der Menschenkunst besonders groß war.
Auch das berühmte Bauernkriegspanorama von Tübke
entstand unter Mitwirkung einer Chimäre, Eber-Hard
Lenk. Tübke bearbeitete eine Fläche von mehr als
1700 Quadratmetern, auf die er über 3000 Figuren
verteilte, die größten über drei Meter. Eber-Hard half

ihm, weil Tübke zeitweilig wegen eines Muskelrisses im Daumen verhindert war. Dieses Werk, so von Bismarckhering, ist eine Rarität, weil es von einem Menschen und einer Chimäre gleichzeitig geschaffen wurde.

Der Surrealismus ist laut von Bismarckhering eine Kunst, in der die Chimären ihre Doppelheit künstlerisch ausdrücken können. Hier etablierten sich auch Künstlerinnen stärker, wie zum Beispiel die Gegenwartskünstlerin Pari Avian.

Ihre Doktorarbeit schrieb von Bismarckhering über Wilfredo Lamm, mit bürgerlichem Namen Wilfredo Òscar de la Concepción Lamm y Kastilla (geboren am 25. Dezember 1903 in Kuba, gestorben am 15. September 1985 in Paris). Er war ein surrealistischer Maler und Grafiker und der bedeutendste Vertreter des chimärischen Surrealismus. Sein Vater war Mensch-Schafsbock, seine Mutter Mensch-Huhn. Lamm siedelte 1917 nach Havanna über, wo er Kunst studierte. Ab 1923 setzte er das Studium an der Kunsthochschule in Madrid, Spanien, fort. 1939 zog er nach Paris, wo ihn Pablo Pizarro in den Kreis um Andreas Beton einführte. 1947 bis 1953 lebte er in New York, entschied sich dann wegen seiner mangelnden Sprachkenntnisse, sein restliches Leben in der französischen Hauptstadt zu verbringen, wo es eine rege Chimärenkunstszene gab. Lamms kraftvolle Malerei wird in enge Verbindung mit dem Chimärenkult gebracht, da sie auf wild-tänzerische Art chimärisch-mythische Geister und Formen zu beschwören scheint.

Literatur

Die Haltung der Chimären zur Literatur ist eindeutig: Alles, was gedruckt wird, ist Literatur. Für das Chimärennet wurde dieses Faktum lange Zeit kontrovers diskutiert. Die IT-Spezialistin Katharina Wurm hatte als Erste eindeutig Stellung bezogen: „Wenn alles, was je in einem Buch an Text gedruckt wurde, Literatur ist, kann es nur eine logische Konsequenz geben: Alles, was je in einem Blog oder auf einer Internetseite veröffentlicht wurde, ist ebenfalls Kunst. Warum sollte ein Rezept für Schmandkuchen aus einem Buch wertvoller sein als ein vergleichbares Rezept von einem Foodblog? Das ist lächerlich, hier unterscheiden zu wollen." (Chimärische Allgemeine, September 2014).

Literaturkritiker waren sich uneins. Einerseits wollten sie den Zug der Zeit nicht verpassen, wobei sie gleichzeitig wussten, dass sie das Chimärennet nicht einfach übersehen konnten. Andererseits ist ein Buch fassbarer und lebendiger. „Wie lebendig ein Buch ist, sehen wir schon daran, dass es Holzwürmer gibt, die sich mit der Grundmaterie des Buchs beschäftigen", schrieb der Literaturwissenschaftler Prof. Dr. phil. Andreas Vogel (Chimärische Allgemeine, August 2012). „Es gibt aber keinen Internetwurm, womit schon erwiesen ist, dass im Internet keine Literatur entstehen kann." Er revidierte diesen doch recht unbarmherzig klingenden Satz Ende 2014. „Wir können nicht länger abstreiten, dass auch das Netz lebendig ist. Denn Phänomene wie Fishing und Virenbefall sind ohne Chimärennet gar nicht denkbar."

Insidern zufolge wurde dieser Gesinnungswechsel durch seine Verlobte Prof. Dr. phil. Sina Krebs, ebenfalls Literaturwissenschaftlerin, ausgelöst. Die beiden haben ihren vorehelichen Briefwechsel und Mailaustausch in einem Buch herausgegeben. Sina stellte dort Andreas 2013 die Frage: „Sind die Werke von Johann Wolf aus Gota oder Fritz Schillerlocke Literatur oder nicht?" Andreas, der die Fangfrage nicht durchschaute, antwortete prompt: „Natürlich, meine Liebe, das ist Allgemeinwissen!" Sina reagierte umgehend: „Und wenn wir jetzt den berühmten Roman 'Geballte Hand' von Wolf aus Gota oder 'Die Seeräuber' von Schillerlocke ins Chimärennet stellen: Ist das jetzt keine Literatur mehr?" Andreas antwortete vier Monate lang gar nicht, weil er merkte, dass seine Braut ihn in die Enge getrieben hatte. Er machte ihr einen Heiratsantrag, damit die Frage in Vergessenheit geriet. Da hatte er sich aber in Sina getäuscht: In dem Augenblick, in dem Andreas sie über die Schwelle trug, umschlang sie seinen Hals enger und legte ihren Mund an sein Ohr. Erneut stellte Sina ihm diese Frage und jetzt gab es kein Ausweichen mehr.

Beide sind sich einig, dass Gedichte immer zur Literatur zählen. „Das Dichten ist uns Chimären in die Chromosomen gelegt!", wird Sina zitiert (Fernsehinterview vom 13.12.2016). Andreas, der neben ihr saß ergänzte: „Gedichte fließen uns ständig spontan von der Zunge!"

Als bedeutendster Lyriker nach 2000 gilt Stefan Thunfisch. Seine Ode „Ein Hoch auf die Chimäre" wurde in der modernen Popmusik aufgegriffen und gelangte mit der Gruppe „Die Fantasielosen Fünf" im Jahr 2017 auf Rang 1 der Charts. „So verbindet sich zeitgenössische Straßenkunst mit dem Dichten im Elefantenbeinturm!", soll Andreas Vogel dieses Phänomen kommentiert haben, was er abstreitet.

Musik

Jede Chimäre singt und spielt mindestens zwei Musikinstrumente. Ihre Achtung vor der Musik als Kunst ist daher gering. „Was soll ich an Johann Sebastian von Bachstelze bewundern, wenn mein Sohn mit vier Jahren besser und reiner kombiniert?", lautet ein Sprichwort unter Chimären. Nichtchimären empfinden diese spontane Musik häufig als disharmonisch. Bei Chimären muss die Schallübertragung anders verlaufen, ist die gängige Erklärung unter Ohrenspezialisten.

Musikwissenschaft ist daher nicht bekannt. Es gibt demzufolge keine Musikwissenschaftler unter den

Chimären. Wer sich unbedingt der Musiktheorie widmen möchte, dem wird die menschliche Musik an den Darm gelegt. Eine andere Geschichte besagt, dass Chimären, die im eigenen Land nichts werden, aber ehrgeizig sind, sich in der menschlichen Gesellschaft als Komponisten betätigen, wie wir an Bachstelze gesehen haben.

Philosophie

Beim Stellenwert der Philosophie im Leben sind sich Chimären uneins. Während einige, kaum kommt das Thema auf diese Gedankenwelt, sich an den Kopf zeigen und fluchtartig den Raum verlassen, sitzen andere in Gruppen zusammen und diskutieren, was das Zeug hält. Der Curriculumrat der Chimären, eine Untergruppe des Ältestenrats, hat Philosophie schon zu einem frühen Stadium in den Lehrplan aufgenommen. Im Kindergarten findet der erste Kontakt statt, denn die Frage: „Was ist ein Tisch an sich?", kann schon ein Drei- oder Vierjähriger beantworten, mag die Antwort auch falsch sein. Philosophie ist neben Heimatkunde, Geschichte, Rechnen, Lesen und Schreiben ein Pflichtfach. Ob Chimärenjugendliche eine Philosophieallergie entwickeln oder nicht, liegt häufig an der Lehrkraft. Diese Allergie ist im wörtlichen Sinne zu verstehen: Auf der Stirn wachsen Pickel, an Armen und Beinen kommt es zu Rötungen. Man hat schon befallene Ferkel mit knallroten Unterschenkeln gesehen. Wenn Chimären eine solche Störung zeigen, werden sie vom weiteren Philosophieunterricht befreit. Es versteht sich, dass faule kleine Chimären daher gern Allergien vortäuschen.

Wer später auf das Menschengymnasium wechselt, wird garantiert keine Schwächen im Fach Philosophie haben, dort sind sie ihren Mitschülern im Gegenteil meist weit voraus.

War früher das Telefonbuch Standard in jedem Chimärenhaushalt, so wurde es seit den achtziger Jahren vom „Kurzen Abriss der Philosophie" von Jennell Woerner (halb Mensch, halb Meise) überholt. Woerner hat bis Anfang des neuen Jahrtausends jährlich Aktualisierungen vorgelegt. Die Aufgabe wurde nach seinem Tod im März 2001 an Dr. phil. Reinhold Zapf (einen Mensch-Ameisen-Mann) übertragen.

Zapf gilt als einer der Väter der Unanalytischen Philosophie. Er verfasste eine Vielzahl von Werken zu philosophischen und gesellschaftlichen Themen. Dazu zählen auch die Principia Chimaerica, eines der bedeutendsten Schriftstücke dieses Jahrhunderts über die Grundlagen der chimärischen Denkweise. Zapf war Rationalist und Architekt. Als chimärenweltweit bekannter Aktivist für Vegetarismus und Pflanzenliebe war er eine Leitfigur, auch wenn er selbst kein strikter Vegetarier war. Veganen Ideen stand er aufgeschlossen gegenüber.

Ein besonderer Verdienst von Zapf ist der Nachweis, dass bedeutende Philosophen, die bei den Menschen als große Männer bezeichnet werden, Chimären waren. Nicht alle haben dies in ihre Namen aufgenommen, denn das galt lange Zeit als unfein. Einige dieser Persönlichkeiten seien im Folgenden aufgeführt: Pythagoras (eine Menschen-Schlange), Plato (halb Plattfisch), St. Augustine of Hippo (halb Nilpferd), Thomas von Aquin (halb Qualle), Francis Bacon (halb Schwein), Benedictus Spinoza (halb Spinne), Jean-Jacques Rousseau (halb Pferd), Immanuel Kant (bürgerlicher Name: Manuel Kameise), Friedrich Schlegel (halb Blutegel), Rudolf Carnap (halb Karpfen), Mary Midgley (geboren als Maria Mückeli, wanderte sie 1952 nach Amerika aus und übersetzte ihren Namen ins Englische; halb Mücke), Slavoj Zizek (halb Zecke).

Zapf hat ferner ein neues Standardwerk auf den Markt gebracht: den *Abriss der Philosophie*. Wie der Name schon sagt, ist es keine kurze Kurzzusammenfassung, sondern ein ausführlicheres Werk. Neben einer Liste aller wichtigen Philosophen mit Lebensläufen greift er vier zentrale Themen der Philosophie auf: Ethik, Existenzialismus, Metaphysik und Epistemologie. Zu jedem Thema fasst er die wesentlichen Punkte in je circa einhundert Seiten zusammen.

In einem Interview mit der *Philosophischen Morgenpost* führt Zapf diese vier Themen allgemeinverständlich aus. Das Interview wurde geführt von Frau Dr. med. Aida Redlich (Mensch-Gorilla-Frau).

Aida: Was verstehen Sie unter Ethik, Herr Dr. Zapf? Bitte versuchen Sie, uns eine Antwort in einem Satz zu geben.

Reinhold: Sagen Sie doch einfach Reinhold zu mir, liebe Aida, wenn ich Sie so nennen darf? Um auf Ihre Frage zurückzukommen: Im Zentrum der Ethik steht das moralische Handeln, deshalb wird sie von manchen als Moralphilosophie bezeichnet.

Aida: Danke, Reinhold. Und was ist die Aufgabe der Ethik in der heutigen Gesellschaft?

Reinhold: Kriterien für gutes und schlechtes Handeln und die Bewertung seiner Motive und Folgen aufzustellen. Lassen Sie mich das in einem Beispiel erläutern: Wenn Sie mir ein Stück von dem Kuchen hier aus der Hand reißen, ist das offensichtlich schlechtes Handeln. Ich könnte nun vermuten, Sie sind eine schlechte Chimäre. Wenn ich aber frage: ‚Warum ist Aida so gierig?‘, gehe ich der Ursächlichkeit nach. Werden Sie beispielsweise vom Sender so schlecht bezahlt, dass Sie sich keinen Kuchen leisten können, wirft diese Erkenntnis ein völlig anderes Licht auf ihr Handeln, es ist nicht mehr schlecht, sondern notwendig.

Aida: Die Ethik baut also auf der Notwendigkeit des Tuns auf?

Reinhold: Das muss ich leider verneinen. Grundlage der Ethik ist allein und ausschließlich die Vernunft.

Aida: Was ist das Ziel von Ethik?

Reinhold: Ethiker wollen allgemeingültige Normen und Werte erarbeiten.

Aida: Und wie können sie das tun?

Reinhold: Zu diesem Thema habe ich die visuelle Analogskala für Ethik entwickelt. Sie ist im Buchhandel erhältlich. Wenn ich sie kurz erläutern darf? Danke. Die Skala reicht von 0 bis 100. Null bedeutet: ‚Dieses Handeln kann nie und nimmer als Wert gelten‘. Einhundert trägt logischerweise die Bedeutung: ‚Dieses Handeln muss als allgemeingültiger Wert in den Chimärenrechtsstaat aufgenommen werden.‘ In dem Buch, das hier gerade von der Kamera gezeigt wird und im Sokrates-Verlag erschienen ist, erläutere ich jede Zahl von 0 bis 100 ausgiebig in Kommentaren und Beispielen. Das heißt, wer sich ethisch verhalten möchte, kann vor einer Handlung auf dieser Skala einschätzen, wie ethisch sein Handeln ist. Oder aber er nimmt die Einschätzung im Anschluss an eine Handlung vor. Macht er das häufig genug und notiert sich die Werte, kann er am Ende des Tages, der Woche, des Monats oder des Jahres einen Durchschnittswert seiner persönlichen Ethik berechnen.

Aida: Bei welcher Zahl sahen Sie sich gestern?

Reinhold: 100.

Aida: Und heute?

Reinhold: 100.

Aida: Danke, Reinhold, kommen wir zum Existenzialismus. Wie definieren Sie diesen Begriff?

Reinhold: Ich möchte hier meinen Kollegen Dr. Stefan Einfresser zitieren, der die folgende Definition vorlegte: „Unserer Existenz geht die Essenz voraus, wie dem Essig die Essigmutter."

Aida: Worauf konzentriert sich der Existentialismus?

Reinhold: Wichtig sind Angst, Tod, Freiheit, Verantwortung und Handeln als grundsätzliche Erfahrung der Chimären. Die Chimäre versteht sich im Erleben. Also bezieht sich ein Existentialist nicht mehr auf eine von oben aufgesetzte Ordnung, sondern baut seine Theorie auf der einzelnen Chimäre auf. Das schließt eine religiöse Grundhaltung nicht aus, macht sie aber eher unwahrscheinlich. Was erklärt, warum Chimären weniger religiös sind als Menschen.

Aida: Wovor haben Sie Angst?

Reinhold: Darüber habe ich noch nie nachgedacht. Versagen, Untreue, Verarmung, die großen VUVs, zählen sicher auch zu meinen Ängsten.

Aida: Haben Sie hierzu mehr geschrieben?

Reinhold: Ja, habe ich. Gerade frisch im Handel ist mein Buch *Messbarkeit der Existenz*. Es ist in die vier Themen Angst, Tod, Freiheit und verantwortungsvolles Handeln aufgeteilt. Zu jedem dieser Themen habe ich eine visuelle Analogskala entwickelt, mit deren Hilfe eine Chimäre in einem Zahlenwert erfassen kann, wie sie in einem bestimmten Moment zu dem jeweiligen existentiellen Thema steht.

Aida: Ich vermute, dass es sich um ausführlich erläuterte Skalen von 0 bis 100 handelt?

Reinhold: Ja, das stimmt.

Aida: Für Sie ist der Existentialismus also nichts rein Theoretisches?

Reinhold: In keinem Fall. Nehmen Sie den Tod – was ist an diesem Ereignis theoretisch? Die Skala zum Tod kann übrigens auch von einem Helfer nach Befragung des Sterbenden ausgefüllt werden.

Aida: Vielen Dank, Reinhold. Mir – und ich denke, auch vielen unserer Zuschauer – ist jetzt viel fassbarer geworden, was vorher unfassbar war. Kommen wir zur Metaphysik. Würden Sie uns auch diesen Begriff bitte erläutern?

Reinhold: Dieser Teil der Philosophie beschäftigt sich mit abstrakten und theoretischen Dingen des Seins. Wir essen, wir trinken, wir sterben usw. Aber Prinzipien und Grundstrukturen können wir nur denken, nicht anfassen.

Aida: Das heißt, grob gesagt, alles, was nicht angefasst werden kann, ist metaphysisch?

Reinhold: Das ist ein Anhaltspunkt, aber nicht alles. Der Tod zählt nicht zur Metaphysik, wohl aber die Unterscheidung zwischen Leib und Seele. Verfügt die Chimäre über eine unsterbliche Seele, über einen freien Willen? Die Chimären beantworten diese Fragen mit einem eindeutigen „Ja". Die Psychologin Annabel Meister sagte schon 1912: „Die Frage nach Unsterblichkeit und freiem Willen, die in unserer Philosophie einen bemerkenswerten Platz einnimmt, stellen die meisten Chimären sich nicht. In meiner zehnjährigen Praxis lag kein einziger Fall auf meiner Liege, den diese Frage in die Depression geführt hätte."

Aida: War das die Antwort auf meine Frage?

Reinhold: Ja, wieso?

Aida: Ich dachte nur ...

Reinhold: Genau das ist es, was ich sagen wollte! Wir denken, das können wir nicht anfassen.

Aida: Ah ja. Eine unvermeidbare Frage: Haben Sie auch für diesen Teil der Philosophie einen Ratgeber mit visuellen Analogskalen erarbeitet?

Reinhold: Genauso ist es. Fast. Ich arbeite daran. Die Grundbegriffe und Prinzipien wie etwa Sein und Nichts, Werden und Vergehen, Wirklichkeit und Unmöglichkeit, Freiheit und Nezessität, Geist und Materie, Seele und Natur, Temporarität und Internalität sollen erläutert und in Skalen erfasst werden, so dass jeder in der Lage sein wird, seinen Stand in metaphysischen Dingen täglich abzufragen.

Aida: Entspricht die Messbarkeit, die Sie in die Philosophie eingeführt haben, dem Grundgedanken der Philosophie? Ich erinnere da an Professor Dr. Dr.

Zeno Sauerlacher, der in dieser Interviewreihe vor zwei Wochen sagte: „Alles ist messbar, außer der Philosophie, denn der Grundsatz alles Philosophischen lautet: Ich bin nicht quantifizierbar."

Reinhold: Da irrt der Kollege.

Aida: Wenden wir uns nun Ihrem vierten Thema zu, der Epistemologie. Ich greife voraus: Vermutlich arbeiten Sie auch hier bereits an Skalen zur Messung?

Reinhold: Nein.

Aida: Haben Sie es geplant?

Reinhold: Irgendwo schon, ja, könnte sein.

Aida: Danke für Ihre philosophische Antwort! Was genau ist dieses philosophische Gebiet denn?

Reinhold: Als grundlegendes Teilgebiet der Philosophie befasst sich die Epistemologie oder Erkenntnistheorie, wie der Laie sie nennt, mit Fragen wie: Wie kommt Wissen zustande? Wie laufen die Erkenntnisprozesse ab? Woran erkennen wir, dass Wissen im Einzelfall tatsächlich auf Erkenntnis und nicht nur Statistik beruht?

Aida: Während meines Philosophiestudiums habe ich bei Prof. Rudolf Traeger gelernt, dass für die Epistemologie vor allem auch die Frage im Raum steht, welche Art von Zweifellosigkeit an welchem Wissenstypus grundsätzlich bestehen kann oder auch nicht oder eben doch. Er versteht unter Epistemologie daher einfach gesagt die Lehre vom Wissen im Unterschied zu der Meinung, die auf Subjektivität beruht. Wie sehen Sie diese Problematik?

Reinhold: Anders.

Aida: Könnten Sie uns dies bitte kurz erläutern?

Reinhold: Nein. Ich benötige dazu vier Stunden und siebenundsechzig Minuten, die wir kaum zur Verfügung haben.

Aida: Da haben Sie recht. Aber es gibt keine siebenundsechzig Minuten!

Reinhold: Eben! Das ist genau das, was die Epistemologen erkennen: Die Stunde hat sechzig Minuten, basta.

Aida: Ach ja, jetzt habe ich das verstanden.

Reinhold: Fein. Dann kommen Sie bitte zur nächsten Frage.

Aida: Häufig lesen wir Diskurse über den Unterschied zwischen Epistemologie und Ornithologie. Wie sehen Sie das?

Reinhold: Es muss heißen Ontologie.

Aida: Nein, hier auf meinem Zettel steht: Ornithologie.

Reinhold: Zeigen Sie mal her.

Aida: Bitte, hier.

Reinhold: Da steht wahrhaftig Ornithologie. Sollte ich mich in den letzten Jahren so getäuscht haben?

Aida: Ich denke schon, denn Geschriebenes hat immer Recht. Würde das Missverständnis Ihr Lebenswerk an den Grundfesten erschüttern?

Reinhold: Keinesfalls. Denn Relativisten behaupten, dass alles, was existiert, dies nur für die einzelne Chimäre existiert und nicht an sich. Das bedeutet, dass der Unterschied zwischen Erkennen und Existieren verwischt bzw. nicht beachtet wird. Sie sehen den Zusammenhang?

Aida: Nein. Unsere Zeit ist leider um. Vielen Dank, Reinhold, dass Sie sich die Zeit genommen haben. Möchten Sie unseren Zuschauern noch etwas mit auf den Weg geben?

Reinhold: Gern. Alles Gute.

Chimären und Menschen

Die Chimären haben ein zwiespältiges Verhältnis zu den Menschen. Fragt man sie direkt danach, so sind die Antworten gespickt mit verächtlichen Ausdrücken: Die haben keine Ahnung von irgendwas, sie sind strohdoof, brutal, haben keinen Kampfgeist, kein Durchhaltevermögen, sind primitiv, Umweltverschmutzer, Nachhaltigkeitsverletzer*, hinterhältig, arrogant, schmutzig, aggressiv, anmaßend. Kurzum: Chimären verachten die Menschen und sagen das gern direkt.

* Nachtrag: Nachhaltigkeitsverletzer ist eine Wortschöpfung des berühmten Soziologen Gerd Lauth. Ohne höhere Schulbildung, ohne Studium und somit ohne Titel beschäftigte er sich schon früh intensiv mit der Menschheit. „Die menschlichen Verhaltensweisen und Gruppierungen haben mich seit Beginn meines Lebens fasziniert. Sobald ich schreiben konnte, habe ich Notizen gemacht und Aufsätze zum Thema verfasst. Diese Bemühungen haben mir für Albernheiten wie Schule und Studium keine Zeit gelassen. Anerkennung habe ich auch so gefunden, wie die Zahl meiner verkauften Bücher zeigt." Womit Lauth recht hat, seine Veröffentlichungen stehen auf den Bestsellerlisten schon kurz nach Erscheinen direkt auf einer der oberen Ränge. Nachdem in Menschenkreisen das Wort ,Nachhaltigkeit' zu Beginn des Jahrhunderts Solidarität und Logistik auf niedrigere Ränge in der Beliebtheit politisch bewusster Eliten verwiesen hat, griff Lauth es auf. „Hiermit lässt sich wieder einmal beweisen, dass der Mensch zwiegespalten ist. Er münzt die Nachhaltigkeit, um sie gleichzeitig mit Füßen zu treten. Er ist der größte Nachhaltigkeitsverletzer, den das Universum kennt." (Aus: *Die Ambiguität des menschlichen Seins: Ein Kriminalroman*, 2008: 50ff.) Lauths Titel tragen immer Zusätze der Art: Kriminalroman, Romanze, Abenteuerroman. „Das fördert die Verkaufszahlen", soll Lauth nach einer Podiumsdiskussion zu einer Moderatorin gesagt haben.

Da könnte sich der eine oder andere fragen: Warum kaufen sie in den Läden der Menschen ein? Warum besuchen sie die dortigen Gymnasien und streben Karrieren im mittleren und höheren Management an? Warum lesen sie ihre Bücher? Die Antworten sind bis auf die Formulierung fast immer gleich:

- Lass die Menschen doch für uns arbeiten, dann kaufen wir in ihren Läden. Um die Drecksarbeit können sie sich gern kümmern.
- Eine Karriere bei den Menschen ist ein Zeichen unserer Gutmütigkeit, wir wollen ihnen auf ihrem steinigen Weg zum besseren Wesen helfen. Aber vor einer Karriere steht ulkigerweise häufig

eine abgeschlossene Schul- und Universitätsausbildung.

- Ihre Bücher lesen wir, weil wir erstens wissen wollen, was in den Aggressoren vorgeht, wir müssen gewappnet sein. Zweitens sind ihre angeblich anspruchsvollsten Werke lockere Entspannungslektüre für uns. Warum das nicht nutzen?

Sie mokieren sich über die Aggressivität von Menschen. „Schaut euch deren Geschichte an: Kriege, Grausamkeiten, Terror, Folter und vieles andere mehr." Dann schüttelt sich die Chimäre mit Schaudern. „Wir waren immer friedfertig, weil wir dank unseres Chromosomengemischs ausgeglichen und empathisch sind."

Da die Menschen von der Existenz der Chimärengesellschaft nichts wissen („Die sind so blöde, die sehen uns nicht einmal!") und für sie Chimären nur mythische Gestalten darstellen oder als Ausdruck für extreme Experimente in der Medizin und Biologie herhalten, können sie mit den Chimären darüber nicht diskutieren oder ihnen widersprechen.

Linksliberale und linke Chimären, so gering ihre Zahl auch ist, präferieren den Ausdruck „Symbiose".

„Stellt euch nur vor, die Welt würde von Außerirdischen angegriffen. Da laufen wir sofort in die Wälder und verstecken uns in Höhlen, was grundsätzlich eine lobenswerte Reaktion ist. Aber wer verteidigt die Erde gegen die schleimigen Aggressoren?"

Die Konservativen entgegnen: „Was ist das denn für ein Vorurteil gegenüber Außerirdischen? Wir gehen davon aus, dass die Außerirdischen als überlegene Wesen in friedlicher Absicht kommen und sich dementsprechend verhalten."

„Aber wenn sie nicht friedlich sind?"

„Eine Gesellschaft, die solch komplizierte Raumschiffe bauen kann, muss so weit entwickelt sein, dass sie auch sozial weit oben auf der Rampe der Entwicklung steht."

„Rampe der Entwicklung? Was ist das denn wieder für ein Quatsch? Vermutlich steckt hinter diesem Ausdruck dieselbe Chimäre wie hinter dem Begriff Nachhaltigkeitsverletzer, dieser Halbgebildete, dieser Lauth. Nur albern! Es ist eine Symbiose, wir nutzen das Zusammenleben beidseitig! Wie kommst du überhaupt auf die Idee, dass technische und soziale Entwicklung verknüpft sind? Genau das werfen wir den Menschen vor: Dass ihre soziale Entwicklung noch in der Steinzeit verharrt, während ihre Technik auch unser Heim verschönt. Um es praktisch zu formulieren: Du isst doch gern Schweineschnitzel. Könntest du ein Schwein schlachten, wenn deine Frau eine Mensch-Wildsau-Frau ist?"

„Albernes Totschlag-Argument. Ich verlasse die Diskussionsrunde, auf diesem Niveau wird ein Gespräch entwertet!"

Beide sehen sich als Sieger der Diskussion. Manch eher unbedarfte Chimären fragen dann hinter vorgehaltener Hand: „War das nicht recht aggressiv?" Mit „Schusch" und einer kleinen Handbewegung werden sie zum Schweigen gebracht.

Zum Grundschulunterricht gehört das Fach „Menschen". Dort lernen die kleinen Chimären, wie minderwertig Menschen vergleichsweise sind. Damit es nicht so auffällt, wie einseitig das ist, gibt es auch Sachkunde über Technik oder geistige Errungenschaften. Am Ende einer Unterrichtseinheit folgt stets der Hinweis „Zwar gehen die meisten menschlichen Errungenschaften auf eine unserer Anregungen zurück. Dennoch müssen wir sie mit Respekt behandeln, sonst verlieren wir unsere Souveränität!" So lautet einer der zentralen Lehrsätze. Wer solche Sätze mit der Muttermilch aufsaugt, hält sie für ein ehernes Gesetz. Kritische Schüler werden früh ausgesiebt und mit Lobhudeleien zugeschüttet: „Du bist so begabt, wir denken, ein Menschengymnasium ist das Richtige für dich. So kannst du ihnen eine Stütze sein und auf dem Weg zum besseren Dasein helfen."

Es liest sich furchtbar, das wissen Chimärendenker auch. Deshalb werden solche Aussagen ausschließlich mündlich tradiert. Denn die Chimären sind im Grunde ihres Herzens nicht so überheblich, wie sie sich gern geben. Die Jahrtausende haben sie eher gemütlich gemacht. In ihrer Arbeitswelt, so sie diese Zeit bei den Menschen verbringen, schließen sie Freundschaften, die keineswegs nur oberflächlich sind. Über die Menschen zu schimpfen, gehört einfach zum guten Ton, so wie Menschen über das Wetter fluchen.

Chimären und Gewalt

Rollo radelte zu seinem Großvater. Mindestens einmal in der Woche besuchte er ihn in Hinterlustig, in den Ferien kam er gern öfter oder blieb länger. Sein Großvater wusste Dinge, die Rollo sonst nirgendwo lernen konnte.

„Woher hat mein Opa dieses immense Wissen?", hatte er seine Mutter gefragt. „Ach, dein Opa redet gern, das musst du nicht so ernst nehmen." – „Du willst damit andeuten, dass er nicht die Wahrheit sagt?" – „Nein, natürlich lügt er nicht. Aber, ach, das ist nicht alles so wichtig fürs Leben, was er so daherplappert." – „Opa plappert nicht, er erzählt von der Vergangenheit und das finde ich megaspannend!"

Als er den verbissenen Ausdruck im Gesicht seiner Mutter sah, sagte er nichts mehr. Sonst würde sie ihm noch Schwierigkeiten machen, wenn er nach Hinterlustig radeln wollte. Am Dorfrand wohnte Erwin Eule in einem kleinen Holzhaus. Alles war schlicht eingerichtet, ein Tisch, ein Bett, zwei Sessel, zwei Stühle. „Was braucht ein alter Mann mehr?", hatte er Rollo gefragt, als dieser sich beim ersten Besuch erstaunt umsah.

Wenn Rollo ihn für mehrere Tage besuchte, rollte der Großvater eine dünne Matratze aus, die er in einem Schuppen hinter dem Haus aufbewahrte. Zum Frühstück gab es dampfenden Kaffee mit reichlich Zucker und ein Brot mit Marmelade. Einmal in der Woche kochte Erwin in einem großen Bottich eine Suppe aus Erbsen, Bohnen oder Linsen mit frischem Gemüse. Mittags wärmte er eine passende Portion auf, dazu reichte er Brot. Rollo liebte diese Suppe und auch das Brot, wenn es warm war. Abends gab es Brot mit Butter. Das Brot kaufte Erwin täglich von der Nachbarin Schiwa Metterling, die eine kleine Hof-bäckerei betrieb. Rollo brachte seinem Großvater immer eine Kleinigkeit mit. Meist waren es Kekse, gefüllt mit Schokoladencreme. Die tauchte der alte Mann gern abends in eine Tasse heiße Milch.

Erwin war immer beschäftigt. Er hackte Holz für den Ofen, ging Einkaufen, fütterte seine Hühner und reinigte ihren Stall, mähte das Gras im kleinen Garten, putzte und polierte sein Häuschen oder räumte den Schuppen auf, der wie von Geisterhand angestoßen innerhalb weniger Tage wieder völlig unordentlich war. Nachmittags setzte er sich auf seinen Sessel und las so lange, wie seine Augen es ohne Schmerzen schafften. Nach zwei Stunden hatte er meist genug. Kam Rollo zu Besuch, so musste der Junge ihm bei allen Tätigkeiten helfen. Das machte Rollo gern, denn er kannte die Belohnung: Am Nachmittag würde der Großvater im Sessel sitzen, er auf dem Schemel daneben, und Erwin würde erzählen oder Fragen beantworten.

Meist begann diese Zeit, indem Erwin fragte: „Na, was hast du denn auf der Schule gelernt?" Rollo wusste, dass dies keine Kontrollfrage war, wie Eltern sie stellten, sondern echtes Interesse. So berichtete er genau, was er sich hatte merken können. Vor allem beim Fach ‚Menschen' fragte Erwin gern nach.

„Was weißt du jetzt von den Menschen?" – „Sie wissen viel, aber wir wissen mehr." – „Ach ja?" – „Ja, und ihre größten Werke in Kunst und so gehen alle auf Anregungen von Chimären zurück oder wurden von ihnen kopiert."

Erwin nahm einen Schokoladentaler aus der Packung, die ihm sein Enkel mitgebracht hatte. Dann bot er seinem Besucher ein Stück an. Sie lutschten langsam und genüsslich an dem runden Stück Zartbitter mit Euro-Aufdruck. „Schokolade schmeckt, langsam genossen, am besten!", sagte der alte Mann. „Genau", Rollo nickte vehement, „Ich kann gar nicht verstehen, warum viele die Stücke zerbeißen und so grob zerkleinert schlucken!" Die beiden verstanden sich, das lag auf der Hand.

„Außerdem", so fügte Rollo hinzu, „sind die Menschen bedauerlicherweise echte Aggressoren. Sie kämpfen um jedes und alles bis aufs Blut. Sie sind nicht so abgeklärt wie wir, die wir Streitigkeiten durch Harmonie lösen und Kämpfe überflüssig finden."

„So, so", mehr sagte der Großvater nicht. Rollo sah ihn fragend an. „So, so" bedeutete meist, dass der alte Mann ein Faktum anders sah.

„Hast du noch nie auf dem Schulhof mit einem Kameraden gerangelt?"

Rollo hätte beinahe gelacht, sein Großvater drückte sich manches Mal so altmodisch aus. Wer sonst würde von Rangeln sprechen? „Doch, na klar." – „Und das hat keinen Spaß gemacht?" – „Na ja, da ich meist den Kürzeren ziehe, ist der Spaß eher kurz." – „Ich könnte mit dir üben diese Ferien, dass du auch mal gewinnst." – „Wow, Opa, das wäre megagenial!" – „Erst einmal kannst du morgen Nachmittag das Holz da draußen allein hacken. Das macht Muckis."

Rollo zog ein Gesicht. Unter Üben hatte er nicht Arbeit verstanden.

„Du weißt auch, dass Gewalt nicht nur körperliche Gewalt ist. Ich kann dich richtig fertigmachen, ohne dass ich dir näher als zehn Zentimeter komme. Glaubst du mir das?"

Rollo nickte heftig. Seinem Großvater traute er fast alles zu. Der alte Mann beugte sich im Sessel nach vorn und stocherte mit einer Metallstange im Feuer.

„Unsere Geschichte ist voller Gewalt und Grausamkeit, genau wie die der Menschen. Wir waren einst stolz und praktisch unbesiegbar, vor allem zu den Zeiten, als die Dinosaurier die Erde bevölkerten. Damals waren wir viel zahlreicher als heute, aber die unzähligen Kriege und Gemetzel haben unsere Zahl so dezimiert, dass wir uns auf den Kopf besinnen mussten, sonst wären wir untergegangen. Trotz unserer teils imposanten Körper mit ihren vielen Muskeln und all der Kraft haben es die Menschen zu Zeiten der Neandertaler geschafft, uns zu besiegen. Auch die Tiere waren Gegner für uns. Unsere Überlebenschance war es, jeglichen Streit zu meiden. Diese Strategie haben wir fortgeführt und pflegen sie auch jetzt noch, wo wir zahlenmäßig wieder etwas vorzuweisen haben. Dass die Chimären heutzutage ihren Kampfgeist in andere Bahnen lenken, begrüße ich. Jedoch ist es ein Verbrechen an der Jugend, ihnen Lügen zu erzählen und sie mit so viel Arroganz den Menschen gegenüber zu erziehen. Wozu soll das dienen? Stolz und Arroganz führen immer zu Krieg und Verbrechen, genau wie Habgier und Neid. Auch wenn wir Chimären so tun, als seien wir die friedfertigsten Geschöpfe auf der Welt, es ist nicht so gewesen. Es gab schreckliche Schlachten, es gab grausame Herrscher und heldenhafte Kämpfer."

Erwin unterbrach, weil es an der Tür klopfte. „Ja, bitte?" Herein kam Schiwa, eine zierliche Dame in etwa Erwins Alter, schätzte Rollo. Sie trug einen duftenden Apfelkuchen auf einer Platte in das Haus. „Erwin, ich habe doch gesehen, dass Rollo dich wieder einmal besucht. Das hättest du mir eher sagen können, dann hätte ich euch zum Mittagessen eingeladen."

Erwin brummelte etwas, was man mit viel Mühe als „Wir haben unsere Suppe, die schmeckt uns" verstehen konnte. Schiwa lachte Rollo an: „Magst du gedeckten Apfelkuchen mit Mandelstückchen?" – „Boah, mein Lieblingskuchen!" Erwin machte eine Handbewegung, die Schiwa offensichtlich als Einladung verstand. Sie stellte den Kuchen auf den Tisch und setzte sich auf einen der Stühle.

„Ich erzähle dem Jungen gerade mal was über die Wahrheit, die sie in der Stadt fast vergessen haben." – „Hast du an die Kämpfe mit den Dinosauriern gedacht?" – „Ich habe sie erwähnt." – „Das reicht nicht, Erwin, erzähl es deinem Enkel genauer. Wenn du Dinge schilderst, kommt es mir immer so vor, als wenn alles lebt, was lange schon verstorben ist."

Rollo betrachtete Schiwa mit neuem Interesse. Hatte Erwin ihr auch sein Wissen mitgeteilt?

„Okay, okay, ich werde es nachher erzählen." Erwin schlurfte zu seinem Sessel: „Entschuldigt mich, ich habe gerade gesehen, dass eine E-Mail angekommen ist." Er nahm sein Handy, las die Mail und kicherte. Er kehrte zurück zum Tisch. „Ich nehme gern noch ein zweites Stück."

„Rollo, so heißt du doch?, hat dir dein Großvater denn von Auritanus, dem großen Chimärenhelden erzählt?" Rollos Augen wurden immer größer: „Nein, kein Wort!"

Der Großvater warf ein: „Deine Mutter hat mir soeben geschrieben, dass du noch einen Tag länger bleiben kannst, wenn du magst." – „Aber klaro!" – „Ja, dachte ich mir, habe ihr das schon als Antwort geschickt."

Während sie über die E-Mail sprachen, hatte Schiwa begonnen, die Küche ein wenig aufzuräumen. Erwin stöhnte. „Könntest du bitte damit aufhören?" Zu Rollo gewandt: „Hüte dich vor den ordentlichen Frauen, die zerstören dein ganzes Leben." Rollo schaute erschrocken zu Schiwa, die lauthals lachte. „Ja, wir sind furchtbar". Der Großvater lachte auch.

Schiwa verabschiedete sich, nachdem sie Rollo noch ein Stück Apfelkuchen aufgeschwatzt hatte. Erwin wandte sich an seinen Enkel: „Wenn du bis heute zur Abendessenszeit das Holz links neben dem Schuppen, das ich gestern nicht mehr geschafft habe, hackst und ordentlich in die Wand für Brennholz einräumst, erzähle ich dir vom großen Dinosaurierkrieg." Kaum hatte er das ausgesprochen, zischte Rollo nach draußen. So eifrig hatte er selten gearbeitet.

Beim Abendessen aß er fast ein halbes Brot allein, dazu trank er warmen Pfefferminztee. Großvater und Enkel machten es sich gemütlich, Erwin holte seine Pfeife aus dem Schrank und zündete sie an. Das war speziellen Tagen vorbehalten. Als Rauch aus der Pfeife zur Zimmerdecke stieg, wollte er mit seiner Erzählung beginnen. Da merkte er, dass Rollo in seinem Sessel tief eingeschlafen war. „Na, Junge, dann eben morgen!"

Die Schlacht mit den Dinosauriern
Rollo arbeitete drei Tage hart, sein Großvater fand immer wieder neue Aufgaben. Schiwa schüttelte den Kopf, aber sagte nichts. Jeden Nachmittag, wenn er die Geschichte von der Schlacht hören sollte, schlief er ein. Dann aber hatte er sich so an die Arbeit gewöhnt, dass er sich nicht vorstellen konnte, wieder einzunicken. Erwin schmunzelte: „Du warst fleißig, du bist ein guter Junge, du hast nicht einmal gemurrt." Rollo wurde rot. „Lass es uns jetzt gemütlich machen auf unseren Sesseln. Es ist eine lange Geschichte."

„Ich habe vorher noch eine Frage." – „Ja?" – „Die Dinosaurier lebten doch lange vor den Menschen. Wie kann es da Chimären gegeben haben?"

„Erst einmal musst du nicht alles glauben, was du liest. Außerdem waren diese Chimären anders als wir heute. Es gab Pferde-, Stier-, Drachen- und Bisonunterteile, mehr nicht. Nur wenige Chimären überlebten die Jahrhunderte nach dem Tod der letzten Dinosaurier in kleinen Gruppen. Die neuzeitlichen Chimären so wie wir entwickelten sich erst viele Jahrtausende später. Soll ich anfangen?" Rollo nickte vehement.

„Auch wenn ich es ungern zugebe, so sind die Dinosaurier die eigentlichen Helden dieser Geschichte. Die Chimären haben die letzten Dinos grausam abgeschlachtet, dass das Blut nur so floß und spritzte. Es war eine feige Tat.

Es gibt den berühmten Film von Snack Zyder ‚333' über die Dinos, in denen von Freiheit und Demokratie die Rede ist. Gemeint sind aber damit die Rechte, die den Vollsauriern gehörten. Damals, zur Zeit der Chimärenkriege (66 – 62 Millionen Jahre v. Christus), mögen es noch um die achthunderttausend gewesen sein. Sie nannten sich Gleichsaurier und nur sie hatten Freiheits- und Gleichheitsrechte, alle anderen waren ihre Untertanen oder Sklaven. Ihre Jungen wurden zu Kampfmaschinen erzogen. Frauen wurden nur dann mit Ehren begraben, wenn sie im Kindbett, Männer wenn sie im Kampf starben.

Bis zum Ende der Dinosaurierzeit blieb die folgende Gliederung erhalten: Gleichsaurier ab zehn Meter Höhe, Peripheröken, Nachbarn mit eingeschränkten Rechten, und Hellholoten, Staatssauriersklaven unter zehn Meter Höhe. Die Hellholoten betrieben Ackerbau, damit die großen Gleichsaurier sich dem Krieg widmen konnten, ihrem Hauptberuf, könnte man sagen.

Innerhalb ihres Dinostaates lebten die regierenden Dinosaurier immer in Furcht davor, die Hellholoten könnten sich auflehnen. Neben dem Krieg war das Leben der Gleichsaurier daher darauf ausgerichtet, ihre Sklaven für alle Zeit in völliger Abhängigkeit zu halten.

Die Gesellschaftsordnung der Saurier war hart und brutal. Gleichheit hieß nur, dass die Reichen reich und die Starken stark blieben. Entsprachen Kindersaurier nach der Geburt nicht den höchsten Ansprüchen in Körpergröße und Lautstärke des Schreiens, wurden sie ausgesetzt. Mit zwanzig Jahren wurden die Jungen und Mädchen in Kasernen erzogen: die Jungen zu Kampfmaschinen, die Mädchen zu Gebärmaschinen.

Dank dieser enormen Lebensdisziplin waren sie immer wieder erfolgreich, die Welt lebte in Angst und Schrecken vor ihnen.

Der letzte große Dinosaurier war Tyrannosaurus Presidentus, vermeintlich demokratisch gewählt. Er führte die letzte Schlacht gegen die Chimären an (62 Millionen Jahre v. Christus) und wurde berühmt, weil er den Heldentod starb.

Tyrannosaurus Presidentus war ein Sohn von Tyrannosaurus Anaxa und dessen erster Frau. Sein jüngerer Bruder wird von manchen Autoren für einen Zwillingsbruder gehalten. Sein Halbbruder verstarb kinderlos, sein älterer Bruder war beim Tod der Eltern bereits verstorben, deshalb fiel die Herrschaft an T. Presidentus. Er hatte einen Sohn, Tyrannosaurus Pleista, der kurz nach der Schlacht bei den Warmowenigen verstarb.

Historische Bedeutung erlangte Tyrannosaurus Presidentus hauptsächlich durch sein Verhalten als Feldherr in der Schlacht bei den Warmowenigen etwa 62 Millionen Jahre vor Christus.

Die Warmowenigen, der Engpass zwischen dem Monster-Gebirge und dem Golf von Mickrigus, waren seit jeher von hoher strategischer Bedeutung. Der durchschnittlich fünf Kilometer breite Durchgang betrug an den beiden engsten Stellen nur wenige hundert Meter.

Das Kommando über die Truppen hatte der dinosaurische Anführer T. Presidentus. Der Großteil der dinosaurischen Truppen war nicht ausgerückt. Mukulumadois, der Anführer der Chimären, schickte hunderttausend Chimären als erste gegen die Dinosaurier. Nachdem diese Chimären nach einer eintägigen Schlacht erfolglos blieben, folgten ihnen weitere. Die Dinosaurier wichen tagelang nicht von ihrer Stellung und fügten den Chimären hohe Verluste zu. Eine offene Feldschlacht kam nicht in Frage, die Truppen sollten einen raschen Vormarsch von Mukulumadois aufhalten.

Erst der Verrat durch einen Dinosauriersklaven erlaubte es den Chimären, die dinosaurischen Linien zu umgehen und sie in einem Kessel einzuschließen. T. Presidentus hatte mit diesem Vorgehen gerechnet und einen Teil seiner Truppen mit der Bewachung des Umgehungspasses beauftragt. Als diese Saurier die Chimären herankommen sahen, zogen sie sich in eine befestigte Burg zurück und gaben keine Meldung an ihren Feldherrn. Die Chimären führten ihr Umgehungsmanöver unbeirrt fort.

Am Morgen des dritten Tages berichteten Spähsaurier T. Presidentus von der Umgehung. T. Presidentus wusste ab diesem Zeitpunkt, dass die Chimären sie vernichten würden, wenn er einen vollkommenen Rückzug befähle. Er beschloss, mit seinen achthundert Dinosauriern den Engpass zu halten, um den Abzug der restlichen Dinosaurier zu decken, was ihm aber nicht gelang.

Die Chimären verzeichneten ebenfalls erneut schwere Verluste. Unter den Toten waren drei von Mukulumadois' Brüdern. Nachdem T. Presidentus gefallen war, ließ Mukulumadois alle verbliebenen Dinosaurier niedermetzeln.

Der Sieg über die letzten Dinosaurier hat Mukulumadois aber letztlich kein Glück gebracht. Zu viele waren gestorben."

Erwin hielt inne. Rollo hatte seine Augen weit aufgerissen. „Das habe ich in der Schule nie gehört!"

Erwin schaute in die Ferne. „Es gibt Dinge, die werden nur mündlich überliefert und das ist auch besser so. Die Chimären haben sich damals nicht wirklich heldenhaft verhalten, sie sind nach der gewonnenen Schlacht hergegangen und haben alle Dinosaurierfrauen und Kinder in ein großes Tal verschleppt und dort eingesperrt, keiner konnte fliehen. Sie alle sind verhungert."

„Oh nein, wie grausam!"

„Eben, das möchte heute niemand mehr wissen und deshalb findest du es nicht in den Geschichtsbüchern." – „Und bei den Menschen?" – „Die wissen nichts davon." – „Da müssen wir uns aber sehr schämen, oder?" – „Schämen, ach nein, Rollo. Es ist so lange her. Aber wir sollten etwas bescheidener sein, wenn wir über unsere Vergangenheit sprechen." – „Und was ist mit Auritanus?" – „Aha, den Namen hast du dir gemerkt, was? Von dem erzähle ich dir morgen. Es wird Zeit fürs Abendessen."

Auritanus

„Nun, bist du bereit für eine Heldengeschichte?" – „Klar, Opa, ich habe das restliche Holz gehackt, im Schuppen gestapelt und den Vorhof und den Schuppen gefegt."

„Das ist brav, Rollo. Die Geschichte von Auritanus ist nur eine von vielen Heldengeschichten. Früher, vor Jahrtausenden und Aberjahrtausenden, gab es zahlreiche kämpferische Chimären. Heute erzählen wir den jungen Chimären nicht mehr davon, weil das politisch nicht korrekt ist. Wir wollen als friedliebend gelten. Wie aber passt das zu einer Gruppe, die einen Helden verehrt?" – „Keine Ahnung."

„Es passt nicht, sagen einige. Das ist nämlich der Angelpunkt dieses Totschweigens: Niemand befiehlt dir, einen Helden zu verehren. Ein Held hat meist etwas geleistet, was andere nicht konnten. Im Moment hat im Ältestenrat der Chimären eine Fraktion überhand, die glaubt, wenn wir von alten Helden erzählen, wollen sich die Jungen sofort wieder in schreckliche Kriege und Kämpfe stürzen."

„Das glaubst du nicht?"

„Nein, überhaupt nicht. Auch heute noch leisten Chimären Großartiges, wenn sie wollen: bei den Menschen zum Beispiel, in der Wissenschaft, Musik oder Literatur. Heldengeschichten sind meist verschönerte Wahrheiten, quasi Lehrstücke. Warum sollen wir der Jugend Lehrstücke vorenthalten? Ich glaube nicht, dass eine kleine Chimäre, die sich auf dem Schulhof mit einem Kameraden geprügelt hat, glaubt, dass sie ein Held ist. Aber aus den alten Geschichten können wir etwas über Zivilcourage lernen, darüber, was es heißt, für eine Sache einzustehen. Ich traue dir, deinen Freunden und anderen jungen Chimären weiblichen oder männlichen Geschlechts zu, dass ihr das unterscheiden könnt: Eine Geschichte, um sich am Kamin zu wärmen und von einem Heldenleben zu träumen, das nur in der Fantasie stattfindet, und dem wahren Leben, das heute nicht mehr mit Blut und Waffen Leistungen fordert."

„Darüber habe ich noch nie nachgedacht. Offenbar stimmst du dieser Gruppe, die das verschweigen will, nicht zu?" – „Keinesfalls. Ein bisschen Träumen schadet nicht. Abenteuergeschichten sind spannend, und wenn wir den jungen Chimären gleichzeitig diese Geschichten gönnen und ihnen einen Einblick ins echte Leben geben, Empathie vermitteln ..."

Schiwa steckte ihren Kopf durch die Tür. „Aha, Erwin bei seinem Lieblingsthema". Erwin sah hoch: „Du schon wieder?" Da er dabei sanft lächelte, hielt Rollo die harschen Worte für einen Scherz. „Ja, ich wollte gern zuhören, wenn ich darf." Der Großvater nickte. Schiwa stellte eine Dose mit Chips auf den Tisch. „Die sind selbstgemacht!" Rollo staunte nicht schlecht, er wusste gar nicht, dass man Chips selbst herstellen kann.

„Jetzt kaut ihr beiden mal nicht so laut, sonst könnt ihr meiner Erzählung gar nicht folgen!"

„Noch eine Frage: Was passiert, wenn jemand mitbekommt, dass du die alten Geschichten erzählst?" – „Nichts. Auch das wird totgeschwiegen." – „Opa, wenn du mal stirbst, also, ich hoffe, das ist noch lange nicht soweit ...", Rollo lief schon wieder rot an.

Erwin beschwichtigte den Jungen: „Was dann? Wir können offen darüber sprechen, mach' dir da mal keinen Kopf!" – „Kommst du dann in den Ältestenrat?"

Erwin lächelte. „Keine Ahnung, das kommt drauf an, ob da zu dem Zeitpunkt ein Platz frei ist und ob dann eine Mehrheit für mich ist."

Rollo nickte ernst. „Ich würde auf jeden Fall für dich stimmen." Schiwa strich ihm über den Kopf. „Du bist wirklich ein ganz Lieber!" Rollo machte mittlerweile den Tomaten Konkurrenz und flüsterte, um rasch das Gespräch von sich abzulenken: „Und was war damals?"

Auritanus hieß mit vollem Namen Auritanus Ürhahn. Er war als kleiner Junge eher unscheinbar: blass, mit blonden Locken und grauem Gefieder um den Unterleib, zwischen den Schultern steckten zwei verkümmerte Flügel. Wenn er mit anderen Chimärenjungen herumbalgte, gewann er nie. Das machte ihn bekümmert, denn in seiner Familie gab es viele berühmte Ritter und Kämpfer. Ein Diener der Familie sah die Trauer in den Augen des Jungen und bot ihm seine Hilfe an, um kämpfen zu lernen. Jeden Nachmittag brachte er Auritanus das Kämpfen bei. Außerdem ließ er ihn vormittags in der Küche arbeiten, Getreide ernten oder Holz hacken, so dass Auritanus, fast ohne es zu merken, Muskelpakete ansetzte. Mit den Muskeln wuchsen auch die braunen Flügel, an ihren

Seiten entwickelten sich kleine, weiße Flecken. Wie du weißt, sind Chimären vom Oberkörper her Menschen. Auritanus trug aber passend zu seinem Unterteil eine leuchtend rote kleine Markierung über dem Auge. Am unteren Rücken konnte man dunkles, blaugrün schillerndes Gefieder entdecken.

Herkunft und Jugend

Nur wenige Einzelheiten über das Leben von Auritanus sind bis zur Unwahrusschlacht bekannt. Auritanus kam aus einer der führenden Familien seines Stammes. Er wurde als Sohn des Segimer Umpfhuhn geboren, der eine führende Stellung in seinem Stamm hatte. Paterkuhl Fau nennt Auritanus Vater „Führer seines Stammes", was wir heute mit Fürst übersetzen. Der Name seiner Mutter ist nicht bekannt. Auritanus' Vater stand mit seinem Bruder Sigismund auf der Seite des Stamms der Vulgapis-Chimären. Sie machten sich unter den Cherubin-Chimären stark für die Vulgapis-Chimären, also ab hier sage ich nur noch kurz: Vulgapinisten und Cherubinisten.

In der Jugendzeit von Auritanus begann der Vulgapinist Elerius Sel mit einem Feldzug in der Heimat des Jungen. Dabei wurde der Stamm der Cherubinisten von Auritanus ins vulgapinistische Reich eingegliedert. Die Vulgapinisten als neue Befehlshaber verlangten, dass ein Teil der Kinder von bedeutenden Cherubinisten nach Vulgaparoma, der Hauptstadt der Vulgapinisten, zur Ausbildung geschickt werde. Sie sollten so die vulgapinistische Lebensweise kennen-lernen und nach ihrer Rückkehr verbreiten. So geschah das auch mit Auritanus und seinem jüngeren Bruder Federico Uervogel: Als Kinder kamen sie zur militärischen Ausbildung zu den Vulgapinisten in Vulgaparoma. Später trat Auritanus in vulgapinistische Kriegsdienste und kämpfte in verschiedenen Schlachten auf Seiten der Vulgapinisten.

Für ihre Verdienste in diesen Schlachten wurden er und Federico zu vulgapinistischen Rittern geschlagen.

Die Verwandtschaft des Auritanus

Im Alter von fünfundzwanzig Jahren kehrte Auritanus in das cherubinische Stammesgebiet zurück, konnte sich aber dort noch nicht als Führer durchsetzen. In diesen Jahren lernte er Taffeta Aube kennen. Die beiden verliebten sich ineinander und heirateten gegen den Widerstand ihres Vaters.

Aufstand gegen Unwahrus

Unwahrus hieß mit vollem Namen Unwahrus Ke. Er war deutlich älter als Auritanus. Seine Frau war mit dem berühmten vulgapinistischen Kaiser Laurentius Öwe verwandt. Unwahrus bemühte sich als Statthalter der Vulgapinisten, die Gebiete der Cherubinisten als Provinz einzurichten, in der Steuern eingetrieben und die vulgapinistische Rechtsprechung eingeführt wurden.

Als Unwahrus in das cherubinische Land bis an den Fluss Marginalius vorrücken wollte, entschloss Auritanus sich im Herbst dazu, einen Aufstand vorzuberei-

ten. Absichtlich hielt er sich mit seinen Gesinnungs-
genossen, zu denen auch Taffetas Vater zählte, im
Lager von Unwahrus auf. In dieser Zeit bemühte er
sich um das Vertrauen des Statthalters. Auf dem Weg
in das Winterlager wurden Unwahrus Unruhen ge-
meldet. Die Warnung von Taffetas Vater noch am Vor-
abend des Aufbruchs, dass Auritanus gefährlich sei
und gefangen genommen werden müsse, da er einen
Verrat plane, hielt Unwahrus für übertrieben.

Unwahrus sah Auritanus wegen seiner vulgapinistischen Erziehung und seines Ritterranges eher als Ver-
bündeten. Daher glaubte er, hier einen Anführer bei
sich zu haben, der mithilfe seiner cherubinistischen
Armeen die Lage ruhig halten könne.

Auf dem Weg zu dem gemeldeten Aufstand mussten die Vulgapinisten durch ihnen unbekanntes Ge-
lände und gerieten in einen Hinterhalt. Auritanus be-
siegte in der Unwahrusschlacht überraschend die vulgapinistische Besatzungsmacht mit ihren zwanzig
Truppeneinheiten, Unwahrus nahm sich das Leben.
Welche Rolle Auritanus in der Schlacht übernommen
hatte, ist nicht sicher. Fest steht allerdings, dass er der
Oberbefehlshaber der Cherubinisten war. Noch auf
dem Schlachtfeld hielt er eine Rede, in der er sich bei
seinen Unterstützern bedankte.

Direkt nach der Unwahrusniederlage startete eine
westwärts gerichtete Offensive der aufständischen
Cherubinisten. In ihrem Zug wurden bis auf eine

sämtliche vulgapinistischen Burgen im Cherubinisten-land erobert. Auritanus schwächte die Widerstands-kraft seiner Gegner, indem er die Köpfe der Getöteten auf Schwerter gespießt an den Wall der Feinde tragen ließ. Als die Cherubinisten das Gerücht vernahmen, der Vulgapinist Titus Aube rücke mit drei Einheiten heran, liefen viele davon. Die vulgapinistische Burg-besatzung nutzte die Chance und kämpfte sich bis zum Magiergebirge durch.

Motive für den Aufstand

Auritanus berief sich auf die großen alten Chimären, ihre Tradition, ihren Ruhm und die Freiheit im All-gemeinen. Die antike Geschichtsschreibung hält als Gründe für den Aufstand auch die mitleidslose Ver-waltung und willkürliche Rechtsprechung des Unwah-rus für möglich. Unwahrus forderte Abgaben, die selbst die reichen Cherubinisten kaum zahlen konnten, sein Auftreten war arrogant und unsensibel. Den vul-gapinistischen Sitten und Bräuchen standen die meis-ten Cherubinisten mit Vorbehalten gegenüber. Der Überfall auf das Heer des Unwahrus konnte jedoch keine Einheit unter den Cherubinisten stiften. Viele Stämme hielten den Vulgapinisten die Treue.

Leben nach der Unwahrusschlacht

Die vulgapinistische Niederlage stellte sich zwar als großer Rückschlag dar, aber sie bedeutete keineswegs den endgültigen Rückzug der Vulgapinisten.

In den Jahren danach führte Auritanus eine erweiterte Koalition cherubinistischer Stämme, um die vulgapinistischen Wiedereroberungsexpeditionen abzuwehren. Der größte Erfolg der Vulgapinisten war einzig und allein die Gefangennahme Taffetas, der Ehefrau des Auritanus. Sie konnte gefangen genommen werden, da ihr Vater sie den Vulgapinisten auslieferte. Sie war zu dieser Zeit schwanger und brachte in der Gefangenschaft ihren Sohn Tumultus zur Welt. Von seinem weiteren Schicksal wissen wir nichts.

In den Jahren danach war der vulgapinistische Befehlshaber Krogarius Ete der Gegner von Auritanus. Er unternahm mit einem großen Heer einen erneuten Feldzug gegen die Cherubinisten. Die Cherubinisten zogen sich hinter den Fluss Marginalius zurück, und die Vulgapinisten folgten ihnen. Vor der Schlacht stritten Auritanus und sein in vulgapinistischen Diensten stehender Bruder Federico: Auritanus soll für Freiheit und andere Rechte eingetreten sein, während der vulgapinistenfreundliche Federico die Größe der Vulgapinisten und ihres Anführers pries und vor den harten Strafen für Gegner warnte. Federico versicherte, Taffeta und ihr Sohn würden gut behandelt. Die Brüder kamen zu keiner Einigung.

Am folgenden Tag überquerte Krogarius den Marginalius und machte sich kampfbereit. Die Vulgapinisten errungen einen großen Sieg, Auritanus wurde schwer verwundet. Er bestrich sein Gesicht mit Blut, weshalb er für tot gehalten und nicht gefangen genommen wurde. Obwohl die Cherubinisten große Verluste hatten hinnehmen müssen, waren sie kampfesmutig genug, um den Vulgapinisten erneut entgegenzutreten. In der nächsten Schlacht war Auritanus aufgrund seiner Verwundung geschwächt. Trotz des Siegs der Vulgapinisten zog sich Krogarius bereits im Sommer zurück, lange bevor der Rückzug ins Winterlager anstand. Angeblich steckte eine Liebschaft mit einer Sklavin im Winterlager dahinter. Mit diesem Rückzug war der vulgapinistische Eroberungsversuch endgültig gescheitert.

Auritanus einigte das Cherubinistenreich. Unter seiner Herrschaft blühte und gedieh das Land, was immer wieder den Neid der Vulgapinisten erregte. Sie versuchten, so ist belegt, Auritanus zu vergiften, was aber nicht gelang, weil Auritanus jede Speise vor Verzehr von zwei Ratten probieren ließ. Taffeta kaufte er von den Vulgapinisten frei, sie starb fünf Jahre später. Auritanus regierte bis zu seinem Tod im Alter von siebenundachtzig Jahren mit Weisheit und Güte. Danach zerbrach sein mit so viel Blut, Schweiß und Tränen aufgebautes Reich in Einzelteile.

Erwin trank einen Schluck aus seiner Teetasse. Rollos Blick war in die Ferne gerichtet. Er drehte sein Gesicht zu seinem Großvater: „Warum nur lernen wir das nicht in der Schule, warum können wir das nicht lesen? Ich kann meine Gegenwart nur richtig verstehen, wenn ich die Vergangenheit meiner Ahnen kenne."

Erwin nickte ihm zu. „Genauso sehe ich das auch. Ich werde dir in den nächsten Tagen noch mehr von unserer Geschichte erzählen. Merke dir das alles gut, sodass du es in einigen Jahrzehnten deinen Enkeln erzählen kannst. Dieses Wissen darf nicht verloren gehen!"

Rollo nickte. Er war ernst. „Das verspreche ich dir, Großvater, und Schiwa ist meine Zeugin!"

Friedensforschung

Chimären sind Sportenthusiasten. Laufen, springen, sprinten, Hürden überwinden, klettern: Alle Sportarten, bei denen die tierischen Teile ordentlich bewegt werden, begeistern sie. Vor einigen Jahren hatte ein Sportkomitee versucht, eine Olympiade für Chimären auszurichten. Bei den Menschen sind sie beim Sport ausgeschlossen. Nicht etwa, weil sie einen unfairen Vorteil haben, sondern weil sie ihre wohlgeformten Unterteile stets verbergen. Das Sportkomitee wurde unverzüglich in olympisches Komitee umbenannt. Welche Disziplinen sollten aufgenommen werden? An diesem Punkt setzten die Diskussionen ein. Wie kann eine Mensch-Schnecke mit einem Mensch-Gepard konkurrieren? Mensch-Schnecken sind nicht so langsam wie Schnecken, aber können das Tempo eines

Mensch-Geparden, der es darauf anlegt, nicht halten, geschweige denn überbieten. Giovanni Ahlmann, der sich selbst bei Laufwettbewerben benachteiligt sah und sich beim Schwimmen genauso wenig größere Chancen neben einem Hai ausrechnete, schlug vor, die Wettbewerbe nach Unterteil zu trennen. Das klang grandios! Schnecken laufen mit Schnecken, Geparden wetteifern über 3000 Meter mit Geparden oder allenfalls noch Leoparden.

Wie eng sollte die Tierspezies gefasst sein? Ist Gepard gegen Leopard noch fair? Und sind Schwimmwettbewerbe für Geparden einzuplanen, oder dürfen sie nur laufen und Tennis spielen? Die Zahl der Disziplinen war schier unüberschaubar. Giovanni verfeinerte seinen Vorschlag: Man könne ja pro Jahr eine olympische Disziplin aussuchen. In dieser Sportart bekäme dann jedes Unterteil seinen eigenen Wettbewerb.

„Na, toll!", warf Janine Kuhmann ein, „Wer schaut denn dann im Fernsehen noch irgendeine Übertragung an, wenn er zum Beispiel schon zwanzig Hürdenläufe gesehen hat?" Die Mitglieder des Komitees nickten. Stefan Thun gedachte, sie zu unterstützen: „Außerdem lehnen wir Chimären aufgrund unseres Charakters Wettbewerbe ab. Wir sind so friedliche Geschöpfe, dass schon ein Sportwettbewerb unser ethisches Gewissen verletzt." Just in dieser Minute rief der Vorsitzende unerwartet dazu auf, in die Mittagspause zu gehen. Stefan war leicht erbost: „Das ist doch nur, um mich mundtot zu machen! Elf Uhr ist viel zu früh für eine Mittagspause! Aber ich werde darauf zurückkommen, Herr Vorsitzender!" Keiner hörte das, weil alle zum Ausgang des Saales strömten. Unter vorgehaltener Hand wird gemunkelt, dass einige Chimären sich nur um einen Sitz in dem Komitee beworben hatten, weil das Büffet über die Grenzen hinaus für seine exquisite Qualität bekannt ist. Stefan stand wutschnaubend an seinem Platz, bis der Saal sich geleert hatte. Er ballte die Fäuste und marschierte zum Büffet. Giovanni winkte ihn zu sich, sprach ein paar freundliche Worte und bot ihm ein Glas Tomatensaft an. Stefan trank es langsam und nahm sich vor, nach der Pause direkt einen kleinen Vortrag über die Friedensliebe der Chimären zu halten. Er ließ nie eine Gelegenheit aus, über dieses Thema ausgiebig zu referieren. Bei diesen Gedanken beschlich ihn Müdigkeit. Er stolperte nach draußen und suchte sich eine Bank im Freien, um sich hinzusetzen und tief durchzuatmen. Nach vier Atemzügen sackte er in sich zusammen und schlief ein. Es war ein langer und erholsamer Schlaf, er wachte erst auf, als die Sonne unterging. Das Gebäude hinter ihm war verlassen, der Radfahrparkplatz nahezu leer, kein Bus stand mehr an der Haltestelle.

Stefan rieb sich die Augen. Was war passiert, dass er so tief und lange geschlafen hatte? Er konnte sich keinen Reim darauf machen. Verwundert ging er zu seinem Fahrrad und radelte nach Hause. Das Protokoll der Sitzung mitsamt Ergebnis war bereits online. Stefan lud sich die PDF-Dateien auf seinen Rechner und las als erstes das Protokoll. Sein Satz fehlte! Er überprüfte es dreimal hintereinander: Letzte Sprecherin vor der Mittagspause war Janine Kuhmann. Er dachte „die blöde Kuh", musste dann aber selbst lachen, denn genau das war sie ja, eine Halb-Kuh.

Dr. Stefan Thun war Friedensforscher. Er hatte seine Doktorarbeit darüber geschrieben, dass den Chimären im Gegensatz zu den Menschen jegliche Aggression fehlt. Wobei fehlen, das erläuterte er ausgiebig in einem Kapitel, das falsche Wort ist. Aggressionen können nicht fehlen, denn sie helfen niemandem. Seiner Habilarbeit sollte dieselbe These zugrunde liegen, nur noch feiner ausgeführt und analysiert.

Zu diesem Zweck hatte er ein großes Forschungslabor angemietet. Er hatte von einem Test in der Menschenliteratur gelesen: Vor einer Glasscheibe saßen die Probanden, hinter der Glasscheibe Menschen, die lernen sollten. Die Probanden konnten die Lernenden mit Stromstößen bestrafen, wenn sie beim Abhören des Gelernten Fehler machten oder nicht schnell begriffen. Die Probanden wussten nicht, dass die Lernenden Schauspieler waren. Die Stromstöße konnten von leicht bis extrem stark dosiert werden. Die Schauspieler gaben sich teils sehr begriffsstutzig. Das schreckliche Ergebnis dieses Tests war, dass ausnahmslos alle Probanden die Stromstöße je nach Verhalten der Schauspieler bis zu tödlichen Stärken gesteigert hatten. Die Schauspieler zuckten nach einem leichten Stromstoß, wanden sich bei mittleren Stromstößen und krampften und schrien verzweifelt nach den stärksten Stromgaben oder brachen leblos zusammen. Den Probanden fehlte jegliches Mitgefühl, alle behandelten ihre „Schüler" grausam. Welch ein Armutszeugnis für die Menschheit! Darin waren sich alle Chimären einig.

Grundlage von Thuns Habilarbeit war ein großangelegter Test mit Studenten eines Anfangssemesters, denen dieser Test bei den Menschen unbekannt war. Sein Versuchsaufbau war dem menschlichen ähnlich, allerdings steigerten sich die Chimärenschauspieler in ihren Reaktionen deutlich über ihre menschlichen Kollegen hinaus. Chimären lieben Verkleidungen und Schauspielen, diese Leidensaufgabe beflügelte sie förmlich.

Thuns Hypothese war: „Bei den Chimären wird das Ergebnis des Tests anders ausfallen. Sobald der erste Schauspieler auch nur leicht zuckt, werden sie sich zum Testleiter, also zu mir, umdrehen und sich weigern, weiter mitzumachen. Im Gegenteil: Sie werden den Testleiter belehren, dass dies ein unchimärischer

Testaufbau ist und die Drähte aus den Sockeln reißen."

Die Fachwelt wartete mit mäßigem Interesse auf Thuns Veröffentlichung. Immer dasselbe mit den Wissenschaftlern: Sie beweisen nur das, was die normale Chimäre mit ihrem gesunden Chimärenverstand sowieso schon weiß. Daher fiel es auch weiter nicht auf, dass die Jahre ins Land strichen und Thun weiterhin Dr. Thun blieb. Falls doch jemand ihn fragte, was denn mit seiner Habilarbeit geworden sei, antworte er ausweichend: „Ja, ich habe die Daten gesammelt, aber ich werde zu so vielen Vorträgen oder als Berater eingeladen, ich komme einfach nicht dazu, die letzten drei Kapitel zu vollenden." Als bei der Planung der Ausgabe 5/2012 der Zeitschrift „Pazifologie Heute" in der Redaktion zwei leere Seiten auffielen, wurde eine junge Redakteurin zu Thun geschickt. Man war sich einig, dass Thuns Ergebnisse keine neuen Erkenntnisse aufzeigen würden, aber als Lückenfüller sei das geeignet.

Thun beantwortete alle Fragen zu seinen Forschungsprojekten detailliert, bis die junge Frau nach den Testergebnissen fragte: „Wir wissen alle, dass sie ein vielbeschäftigter Mann sind und daher nicht dazu kommen, ihre Forschungsergebnisse in einer Habilarbeit vorzustellen. Aber vielleicht haben Sie ja ein paar Zahlen und Ergebnisse, von denen Sie unseren Lesern berichten möchten?"

Thun sprang, wie die Redakteurin hinterher kopf-
schüttelnd ihren Kollegen berichtete, wie von der
Tarantel gestochen von seinem Platz auf. „Oh, ja,
gerne würde ich davon berichten, aber leider, ich bin
untröstlich, ist meine Mutter gerade operiert worden
und ich muss nach ihr sehen." Und schon war er aus
dem Raum verschwunden.

Fußball

Das olympische Komitee hatte nach seiner Sitzung
eine Zusammenfassung publiziert.

„Nach einigen Diskussionen sind wir zu dem
Schluss gekommen, dass eine Olympiade, die im
Gegensatz zu Sportveranstaltungen bei den Menschen
für alle fair und gerecht sein soll, nicht praktikabel ist.
Dazu lese bitte, wer interessiert ist, das Protokoll
unserer Sitzung. Wir haben das olympische Komitee
am Ende der letzten Konferenz in ‚Chimären Fußball-
Bund e.V.' umbenannt und die Ämter übertragen."

Diese Umbenennung wurde von den Chimären mit
Beifall aufgenommen. Bei aller Begeisterung für
Sport im Allgemeinen steht Fußball unbestritten an
oberster Stelle. Grund dafür ist, dass hier jeder einen
Platz findet. Zwischen Männern und Frauen wird
nicht unterschieden, denn eine Nashorn-Chimären-
Frau kann locker mit einem Thunfisch-Chimären-
Mann mithalten. Positionen lassen sich perfekt be-

setzen: Ein Mensch-Wal hütet das Tor, ein Mensch-Piranha greift an.

Dr. Thun war hier wieder aktiv und schlug vor, dass die Mannschaften gewürfelt werden, denn „wie jeder weiß" ist den Chimären Wettbewerb so unangenehm, das heißt, wenn die Mannschaften ständig anders zusammengesetzt sind, schwindet die Furcht vor dem Wettbewerb und es steigt die Freude am Spiel.

Solche gleichwertigen Mannschaften wurden gebildet. Höflich applaudierte das Publikum nach dem Spiel. Hinter dem Stadion, auf der Straße, hatten Kinder ebenfalls Fußball gespielt. Die eine Mannschaft kam aus der Vorstadt links vom Fluss, die andere aus der Innenstadt. Hier wurde gekämpft bis zum Umfallen. Am Ende dieses Spiels sah man dort mehr als die Hälfte der Zuschauer „des eigentlichen Spiels" laut rufen, Fahnen schwenken und grölen. Ein echter Spaß! Das nächste Spiel der Kinder in gleicher Gegnerschaft war sofort ausverkauft. Die Kinder sahen sich an: Was für eine Marktlücke, welche Verdienstmöglichkeiten!

Thun schlich sich davon. Er hatte das Spiel der kleinen Chimären aus rein wissenschaftlichen Beweggründen beobachtet, warum auch sonst? Für das nächste Spiel hatte er sich eine der besten und teuersten Karten gekauft. Ebenfalls aus rein wissenschaftlichem Interesse. Er startete einen Selbstversuch: Er ließ Erwachsenenteams zusammenstellen, die seinem wissenschaftlichen Anspruch widersprachen, indem sie zwei feste Mannschaften bildeten. Das eine Team nannte er „Cherub 04" und das andere „Vulgapi SV". Er bewarb sich als Trainer für Cherub 04 und heizte seinen Spielern und Spielerinnen ein. „Wir müssen diese Schwächlinge doch in die Flucht schlagen können, ich erwarte mindestens ein 5:1 von euch!" Seine Mannschaft grölte, er machte sich Notizen, durch und durch wissenschaftlich und objektiv, in einem kleinen Heft.

In seiner akademischen Konsequenz bestand Thun auf unterschiedlichen Farben für die Trikots der Spieler. „Cherub 04, ach, ich bin da schlicht und ergreifend für Weißblau, sollen die Vulgapis doch sehen, was sie nehmen." Die Trainerin der Vulgapis, Renate Pastor (eine Mensch-Seelöwin), ließ in ihrer Mannschaft abstimmen: Gelb-schwarz oder grün-rot? Der Kader sprach sich ohne Gegenstimme für Gelbschwarz aus.

Thun entschied sich, mit seinen Friedensforschungen zu pausieren. Er würde Notizen machen, diese sammeln und bei passender Gelegenheit auswerten. Er entwarf stattdessen ein Regelwerk für Fußballspiele. Böse Zungen behaupteten, er habe das bei den Menschen abgekupfert. Bemerkungen dieser Art überging Thun: Hatte er das nötig, auf solch haltlosen und lächerlichen Beschuldigungen einzugehen? Sein Regelwerk wird im Folgenden wiedergegeben.

Fußballregeln nach Dr. Thun

Es spielen zwei Mannschaften gegeneinander. Ziel des Spiels ist es, den Ball über die Torlinie des Gegners zwischen den Torpfosten und unter die Torlatte zu schießen. Hat der Ball die Torlinie nicht vollständig überschritten, zählt das Tor nicht. Die Mannschaft, die bis zum Ende des Spiels die meisten Tore schießt, gewinnt.

Die Spieler dürfen ihren ganzen Körper einschließlich ihrer Unterteile zum Spielen mit dem Ball verwenden. Ausgenommen sind Arme, Hände und gegebenenfalls Flügel. Werden Bälle nach Einschätzung des Schiedsrichters mit verbotenen Körperteilen berührt, gilt ein Tor nicht. Der Torwart darf alle Körperteile ohne Ausnahme einsetzen, z. B. auch einen Schwanz oder Schweif. Er muss eine deutlich andere Frisur tragen als die anderen Spieler, der Schiedsrichter und dessen Mitarbeiter. Seine Aufgabe ist es, Tore der Gegenseite und Eigentore zu vermeiden.

Das Spiel beginnt mit einem Pfeifton. Nach zwei identisch langen Halbzeiten mit einer Pause von exakt 18 Minuten endet das Spiel. Bemerkt der Schiedsrichter, dass beide Mannschaften eher behäbige Spieler aufs Spielfeld geschickt haben, darf er diese Zeiten verlängern oder verkürzen, was sich nach der Stimmung unter den Zuschauern richtet.

Wichtige Regeln:
* Hosen dürfen nicht bis ans Knie reichen.

- Begrenzung der Spielerzahl auf elf, maximal fünfzehn, oder wie es besser passt.
- Tornetze aus Stahlseilen
- Schulpflicht wurde eingeführt.
- Goldene Karte nach besonders brillantem Spiel oder extrem sportlichen Verhalten (kann in der Mensa gegen ein Wahlessen eingetauscht werden).
- Rote Karte bei Verletzung

Aufbau eines Fußballfeldes: Gespielt wird auf einem rechteckigen Feld, das einige Hindernisse enthalten kann, die Spieler auf das Spielfeld werfen, wenn sie sich zurecht benachteiligt fühlen. Das Spielfeld wird in der Regel durch fluoreszierende Linien in Neonpink markiert. Die Breite der Linien richtet sich nach der Breite des Pinsels, mit der die Linien aufgetragen werden.

An jeder Ecke wird eine Fahne angebracht. Auf der Fahne werden die Profile berühmter Chimärenpersönlichkeiten gezeigt.

Die genauen Maße des Tors lassen sich den Maßen der Bundeslade (siehe menschliche Bibel) entnehmen. Es ist Sorge dafür zu tragen, dass die Tore auch dann stehenbleiben, wenn ein schwerer Spieler wie ein Mensch-Nashorn dagegen fällt.

Das Gefälle zwischen den beiden Torlinien sollte mindestens drei Meter betragen. Zum Zweck der Entwässerung befindet sich auf der tieferen Seite eine Auffangwanne. Während des Spiels, außer der Pause, ist es Spielern nicht gestattet, sich in dem aufgefangenen Wasser abzukühlen oder es zu trinken.

Spielball: Der Fußball muss ein ansprechendes weiß-schwarzes Muster aufweisen, darf aber nicht das Konterfei einer gegnerischen Chimäre tragen. Sein Umfang richtet sich nach den Spielergrößen und kann von 30 bis 120 cm betragen. Das Gewicht liegt dementsprechend zwischen 300 g und 6 kg.

Wenn der Ball während des Spiels platzt, zertreten wird oder aus anderen Gründen unspielbar wird, tauscht der Schiedsrichter ihn aus. Der Schiedsrichter weiß, dass Chimären faire Spieler sind, und überprüft daher die Bälle vor dem Spiel nicht.

Mannschaften: Es wird mit zwei Mannschaften gespielt. Wichtig ist, dass die Zahl der Spieler gleich ist. Wenn die Zahl sich unterscheidet, weil ein Spieler nicht pünktlich erschienen ist, dürfen Zuschauer mit ins Team aufgenommen werden. Sie tragen dann eine entsprechend farbige Schärpe über ihrer Alltagskleidung.

Besteht eine Mannschaft aus weniger als drei Spielern, findet das Spiel nicht statt.

Spielerausrüstung der Feldspieler und des Torwarts sind Trikot, Schuhe und eine deutlich kurze Hose. Das Tragen von Schuhen ist freiwillig, denn eine Elefanten-Chimäre wird sich durch Schuhe in ihrer Beweglichkeit eher behindert sehen.

Schmuck muss von männlichen Chimären während eines Spieles abgenommen werden. Kopftücher sind erlaubt. Warum auch nicht? Sie gefährden niemanden.

Trikotfarben: Die Mannschaften müssen mannschaftstypische Farben tragen, damit die Trikots sich einer Mannschaft zuordnen lassen. Vor dieser Regelung gab es gelegentlich Verwechslungen, wie beispielsweise beim Spiel 2008, als beide Mannschaften grün-weiß-gestreifte Trikots trugen.

Spielbeginn und -dauer: Vor dem Spiel lost der Schiedsrichter mit den Spielführern beider Mannschaften aus, wer auf dem oberen Feld und wer drei Meter tiefer spielt.

Ein Spiel dauert durchschnittlich 90 Minuten und richtet sich nach der Fitness der Chimärenspieler, der Stimmung der Zuschauer und wie oben ausgeführt der Entscheidung des Schiedsrichters. Auf jeden Fall besteht es aus zwei gleichlangen Hälften. Nach der Pause werden die Plätze getauscht, damit das 3-Meter-starke Gefälle des Spielfelds keine Mannschaft benachteiligt.

Anstoß: Der Schiedsrichter ist vorzugsweise eine Vogel-Chimäre mit lautem Stimmorgan, damit der Anpfiff deutlich zu vernehmen ist.

Freistoß: Der Trainer einer Mannschaft wirft für jeden Anstoß seines Teams einen Euro in eine Spardose (der Begriff „Sparschwein" wird aus ethischen

Gründen nicht mehr verwendet). Daraus wird die Party im Anschluss an das Spiel finanziert.

Hält sich eine Chimäre während des Spiels nicht an die Regel (das Spucken von Halblamas z. B. ist nicht zugelassen), erhält die andere Mannschaft einen Freistoß, d. h. der Trainer dieses Teams muss beim Anstoß seiner Mannschaft keinen Euro zahlen.

Vorgeschlagen wurde, Freistöße auch dann zu gewähren, wenn sich Chimären aus dem Publikum unerlaubt in das Spiel einmischen. Ohne Vorurteile zu hegen, beobachten wir das besonders häufig bei Chimär-Reptilien und Chimär-Raubvögeln.

Strafstoß: Er wird verhängt, wenn ein Spieler sich ungebührlich auf dem Platz benimmt. Dazu zählen Essen während des Spiels, persönliche Beleidigung von Unterteilen, sexuelle Übergriffe und Diebstähle. Beim Strafstoß kommt die Chimäre mit dem höchsten Körpergewicht bis zu neun Meter vor das Tor und ihr ist erlaubt, den zu Ball treten, ohne dass der Torwart der gegnerischen Mannschaft dazu etwas sagen darf.

Schutzhand: Cherubinisten und Vulgapinisten haben sich dagegen ausgesprochen, dass weibliche Chimären z.B. ihre Brust durch die eigenen Hände oder Arme schützen. Fremde Hände oder Arme sind erlaubt. Im Übrigen wird Frauen deswegen das Tragen eines Brustpanzers empfohlen.

Abseits-Situation: Da die Abseitsregel bei den Menschen als komplizierteste Regel im Fußball gilt, wird sie in die Chimärenspiele gar nicht erst aufgenommen. Eine Abseitssituation liegt nur dann vor, wenn ein Spieler ohne ersichtlichen Grund das Spielfeld verlässt.

Disziplinarstrafen (Verwarnungen und Platzverweise): Wenn sich die Mannschaften nicht den ethischen Verhaltensgrundsätzen der Chimären entsprechend verhalten, verwarnt der Schiedsrichter einzelne oder alle Spieler. Dazu zählen: Unsportlichkeit (der Spieler ist einfach nicht schnell genug), Vortäuschen eines tätlichen Angriffs durch einen Gegner, übertriebener Torjubel (die Chimäre reißt sich alle Kleidung vom Leib), Beschimpfungen der Mitspieler mit einem Wortschatz, der über der Gürtellinie liegt, Beinchen stellen bei Emu- und Giraffenchimären, disziplinarische Gründe (grobe Beleidigung des Cherubinisten-Trainers).

Ermittlung des Siegers: Das Spiel dauert 90 Minuten (inklusive Pause). Es wird solange gespielt, bis eine Seite gewonnen hat. Wenn dazu bei gleichem Spielstand mehr als 540 Minuten erforderlich sind, hat die Mannschaft gewonnen, die die meisten Spieler auf dem Spielfeld hat. Weitere Erläuterungen zur Dauer des Spiels siehe weiter oben.

Regelverstöße durch den Schiedsrichter: Macht der Schiedsrichter einen willentlichen oder unwillentlichen Fehler, der mit hoher Wahrscheinlichkeit zu einer falschen Entscheidung des Siegers führt, steht dem benachteiligten Verein der Inhalt der gegnerischen Spardose zu.

Frauenbewegung

„Das Bild der Frau bei den Chimären ist völlig anders als bei den Menschen." Diesem Zitat von Dr. Gregorius Emse widerspricht keine Chimäre. In seinem Buch *Die Soziologie der Chimären* (Gemsbart-Verlag, 1992) fährt er fort: „Daher brauchen wir keine Frauenbewegung. Schauen wir auf den Fußball, da erklärt sich das von selbst: Frauen und Männer spielen gleichberechtigt." (Seite 347 ff.).

Diese Stelle wurde ebenso wenig kritisiert wie der erste Satz. Alte und junge Chimären schauen sich an und nicken: Der Mann hat es erfasst!

Das änderte sich erst im Jahr 2006, als die chimärische Frauenbewegung entstand. Ihre Leitfigur Hannelore Ammel (* 1973) sah die Gleichberechtigung unter einem neuen Gesichtspunkt. Sie gab offen zu, dass ihre Kritikfähigkeit durch die menschliche Frauenbewegung initiiert worden war. Im Mai 2006 eröffnete sie mit drei weiteren weiblichen Chimären ein Frauencafé mit dem Namen *Unter Uns*. Anfangs durften nur Frauen dieses Café besuchen. Die Gruppe änderte drei Monate später ihre Taktik, als Insolvenz drohte. Außerdem meckerten viele Frauen, dass sie lieber mit ihren Kindern Kuchen essen gehen, und dann sollten sie die Jungs draußen lassen? Und sonntags den Mann auch noch?

Zwei der vier Cafébesitzerinnen backten vorzüglichen Kuchen, das brachte dem *Unter Uns* ordentlich Kundschaft. Die beiden Damen backten gern, aber Hannelore fühlte sich nicht wohl dabei. Zu offensichtlich war es, dass sogenannte weibliche Eigenschaften vorn an der Spitze der Emanzipation, oder wie es später hieß: Exchimärzipation, standen. Sie kündigte den beiden Bäckerinnen die Freundschaft und bezichtigte sie, ihr in den Rücken zu fallen. Die beiden waren etwas verwundert und entschlossen sich nach dem ersten Schock, ein eigenes Café zu gründen, das sofort extrem erfolgreich wurde. Das *Unter Uns* dümpelte vor sich hin und wurde zum Treffpunkt der ultralinken ultraexchimärzipierten Frauen. Im selben Jahr stand es dreimal kurz vor der Schließung, aber Spendenaktionen und Aufrufe konnten das immer wieder verhindern. Im Januar 2007 hatte Hannelore erkannt, dass sie auf diesem Weg nicht genug Chimären erreichen könnte. Sie gründete daher einen Verlag für Chimärinnenliteratur. Hier erschienen die kitschigsten Liebesromane aller Zeiten, aber Hannelore tat so, als geschähe das hinter ihrem Rücken. Die Einkünfte brauchte sie zur Finanzierung ihres kleinen Lieblings: der Zeitschrift *Chimärze*. Anfangs erschien das Blatt alle zwei Monate, war aber so erfolgreich, dass monatliche Ausgaben möglich wurden. Es gab einen

Rezeptteil und ein paar Seiten für Kinder. In einer Talkshow am 16. Februar 2016 erläuterte sie diesen Anteil: „Unsere Rezepte sind etwas Besonderes. Sie können von Männern gekocht werden, dadurch sind sie gleichberechtigt. Außerdem achten wir darauf, dass mindestens in jedem vierten Rezept eine weibliche Zutat verwendet wird, zum Beispiel Frauenkraut." Der Moderator Knud Schmidtke wollte wissen, worin sich diese Zeitschrift von anderen Blättern mit Rezepten und Kinderseiten unterscheidet. „Durch den redaktionellen Teil! Haben Sie jemals eine meiner flammenden Reden im Editorial gelesen?" Der Moderator verneinte es. „Meine Mitarbeiterinnen schreiben außerdem aufrüttelnde Artikel. Mit unseren anderen Seiten schleusen wir sie in normale Familien ein!" Der Moderator schien beeindruckt.

„Können Sie etwas im Bewusstsein der Allgemeinheit verändern, wo sind die Bereiche, wo Sie Erfolge verzeichnen?"

Hannelore unterdrückte ein selbstgefälliges Lächeln. „Gewiss doch! Wenn wir lange genug den Sprachgebrauch kritisieren und Alternativen vorschlagen, alte Ausdrucksweisen brandmarken und stigmatisieren, wird sich das Neue durchsetzen. Das können wir durch die ganze Chimärengeschichte beobachten, denken Sie doch nur an die Kämpfe mit den Di ..." Hier wurde die Sendung für ein paar Minuten unterbrochen. Auf dem Bildschirm erschien ein graues Bild mit Untertitel „Bitte entschuldigen Sie die technische Störung, wir arbeiten an der Fehlerbehebung". Als Hannelore wieder ins Bild kam, war ihr Gesichtsausdruck leicht verkniffen, der Moderator hatte einen hochroten Kopf und bemühte sich, so zu tun, als sei gar nichts geschehen.

„Was würden Sie denn gern im Sprachgebrauch ändern?" – „Ich orientiere mich hier einmal an den Menschen, die für uns ausnahmsweise exzellente Pionierarbeit geleistet haben. Leider ist die Verwendung der Silbe frau statt man in allgemeingültigen Aussagen wieder seltener geworden. Parallel hierzu schlage ich ,chimär' statt ,man' vor. Die Frage ,Darf man hier rauchen?', ist so menschlich geprägt. Das wird durch die Verwendung eines ,frau' nicht besser: ,Darf frau hier rauchen?'. Wie viel wohler fühlen wir uns alle, wenn ab jetzt gilt: ,Darf chimär hier rauchen?'".

„Entschuldigen Sie, Frau Ammel, aber Chimären rauchen doch gar nicht." – „Dann sollten sie es anfangen! Hahaha, kleiner Scherz. Es sollte nur ein Beispiel sein."

„Und wenn wir bei den Menschen sind: Was schlagen Sie denn für die Horrorkonstrukte wie BergarbeiterInnen, Bergarbeiter/Bergarbeiterinnen, Bergarbeiter_Innen usw. vor?" – „Bei den Chimären gibt es keine Bergarbeiter!" – „Frau Ammel, das war nur ein Beispiel!" – „Ach so. Können Sie mir ein Beispiel geben, das aus dem Leben gegriffen ist? Dann macht meine Antwort eher Sinn."

„Denken wir an unsere Bürgermeisterin. Wie soll sie ihre Ansprachen beginnen? Bei den Menschen heißt es ‚liebe Bürger, liebe Bürgerinnen‘." – „Da machen Sie sich einen zu großen Kopf. Mein Vorschlag ist: liebe Chimären. In Chimären ist beides enthalten, so rein grammatikalisch." – „Aber ist in Bürger als grammatisches Phänomen nicht auch die Bürgerin enthalten?" – „Herr Schmidtke, wir sollten uns nicht in die theoretischen Diskussionen der Menschen einmischen. Für uns zählt das Chimärentum, da heißt es die Chimäre, und somit ist in der Ansprache ‚Liebe Chimären‘ die Frau enthalten. Es wäre, verzeihen Sie mir den Ausdruck, doppeltgemoppelt, ‚Liebe Chimären und Chimärinnen‘ zu verwenden."

„Wo wir von Grammatik sprechen, sind wir Chimärenmänner dann nicht benachteiligt? Stellen Sie sich vor, ein Mensch sieht mich. Er würde ausrufen: ‚Oh, schau da, Hildegard‘ - ich setze hier einmal voraus, er geht mit seiner Frau spazieren und diese heißt Hildegard. Bei dem Spaziergang durch den Wald, in dem gerade Blütezeit ist und deshalb ..." – „Herr Schmidtke, könnten Sie bitte Ihre Waldschilderung beenden und mir sagen, was Sie mir mitteilen wollten?" Hannelore rühmte sich eines scharfen Verstandes und sah in diesem Vorgehen eine Bestätigung.

„Oh, Entschuldigung, Frau Ammel. Ich liebe den Wald, die Blütezeit und die Begeisterung trug mich hinfort."

Hannelore lächelte eisig.

„Also, ich laufe zwecks körperlicher Ertüchtigung durch den Wald, ein Mensch sieht mich und ruft aus: ‚Schau her, Hannelore, eine Chimäre!' Wie komme ich mir denn da vor? Als rein grammatisches Subjekt? Würde ich nicht eher korrigierend eingreifen: ‚Entschuldigen Sie bitte, ich bin ein Chimären-Mann'. Und wie degradierend ist das denn, ein Zusatzwort benutzen zu müssen, um sein Geschlecht klar herauszustellen?" – „Das ist nicht gänzlich von der Hand zu weisen, ich gebe Ihnen hier recht. Wenn Sie das einmal schriftlich festhalten möchten, biete ich Ihnen gern ein Platz in unserer Zeitschrift *Chimärze* an." Dabei lächelte Hannelore breit in die Kamera und fächerte fünf Ausgaben der Zeitschrift zwischen den Händen auf.

Schmidtke bemerkte sofort seine Chance auf ein Lieblingsthema. „Ich hätte auch schon einen Vorschlag." – „Der wäre?" – „Chimärus. Ich bin ein Chimärus! Das klingt doch sehr maskulin."

Beide schwiegen einige Sekunden. Hannelore malte sich aus, wie ein solcher Artikel die Auflagenzahlen erhöhen könnte. „Also vier bis fünf Druckseiten stelle ich Ihnen gern zur Verfügung."

Schmidtke lächelte erfreut. „Ja, wir unterhalten uns nach der Sendung über die Einzelheiten. Jetzt habe ich noch eine Frage. Sie schrieben in Ihrem letzten Artikel, dass sie gleiche Bezahlung für Männer und Frauen fordern. Wie meinen Sie das?" – „Ist das so schwer zu verstehen? Wenn Sie eine Stunde Moderation machen, bekommen Sie Summe XXX. Wenn ich das machen würde, bekäme ich Summe XXX + 500 Euro, weil ich bekannter bin. Ist das denn fair?" – „Nein, Frau Ammel, das ist nicht fair." – „Hmm, ich glaube, das wollte ich nicht in echt sagen. Was ich meine, ist: Wenn ich hier das Aufnahmestudio putze, würde ich 50 Euro die Stunde bekommen, Sie aber ..." – „Frau Ammel! Wenn hier jemand 50 Euro zum Putzen des Aufnahmestudios bekäme, wäre ich der Erste, der sich um den Job bewerben würde!"

„Und genau das meine ich. Sie bekämen den Job vor mir, weil man Sie hier kennt!" – „Ich bin etwas verwirrt, was hat das mit gleicher Bezahlung zu tun?" – „Nichts. Ich will nur, dass wir beide dasselbe bekommen, wenn wir dieselbe Arbeit machen. Ich nehme ein etwas abstrakteres Beispiel: Wir beide arbeiten an der Theke einer Bäckerei. Da will ich doch pro Stunde denselben Lohn bekommen wie Sie!" – „Ja, und? Das ist doch klar und wird von niemandem bestritten." – „Ach so. Ich dachte immer ..."

Schmidtke tätschelte Hannelore die Hand. „Keine Sorge, wenn Ihre Zeitschrift sich gar nicht mehr verkauft, gebe ich meinen Aushilfsjob bei der Bäckerei auf und werde Sie für denselben Lohn als Nachfolgerin empfehlen!" – „Das ist ja nett!" – „Ja, eigentlich schon. Ich weiß auch nicht, wie meine Frau da reagieren würde. Eine letzte Frage: Haben Sie noch etwas, das Sie unseren Zuhörerchimären mit auf den Weg geben möchten?"

„Liebe Zuhörerchimären. Es ist mir ein Herzensanliegen, dass wir, wenn wir Jobs bei den Menschen annehmen, genauso gut bezahlt werden wie die Menschen. Keine Diskriminierung von Chimären mehr in der Menschenwelt!"

„Frau Ammel, entschuldigen Sie, wenn ich widerspreche. Chimären geben sich doch bei den Menschen nicht zu erkennen. Wie sollten sie da anders bezahlt werden?" – „Ich sage das nur für den Fall!" – „Dann danke ich Ihnen für Ihre Zeit, Frau Ammel, und wünsche Ihnen und der *Chimärze*, in der auch bald ein Artikel von mir erscheinen wird, weiterhin viel Erfolg!"

Chimären sind nicht nur Denker, sondern auch Dichter

Wie im Kapitel zur Kunst / Literatur ausgeführt, dichten die Chimären unentwegt. Es war deshalb auch nicht schwer, einige der mittlerweile bekannten

Chimären dazu zu bewegen, den Lesern ein kleines Gedicht zur Verfügung zu stellen.

Lothar Aalhausen
Wenn ich einen Käfer sehe,
ich mich schnell zur Seite drehe.
Denn ich kann nicht vergessen,
wie ich vor dem Buch gesessen.
Es war von Franz Kafka,
alles Eklige war da.
Ich bin erwachsen, jawohl.
Für sauberen Atem nehm ich Odol.
Gelegentlich esse ich Kohl.
Das führt zu meinem Wohl.
Wenn ich einen Käfer erspähe,
ess' ich niemals eine Wähe.
Denn ich versuch', zu vergessen,
wie ich vor dem Buch gesessen.
Alles andere geht mittlerweile.
Darum schreibe ich dies als letzte Zeile.

Dr. Ernst Fickel
Ich schaue mir die Chromosomen an.
Wir haben fünfhundert.
Das ist mehr als beim Menschenmann.
Da ist man verwundert.

Dr. Frank Wankmut
Im Wald
Gehe ich gern spazieren.

Später rede ich dann von Tieren.
Werde ich alt?
Auch zu Hause bin ich gern.
Da gibt es Gutes zu essen.
Mit meiner Familie seh ich fern.
Wir sind nicht so sehr verfressen.

Johannes Leierwinkel

Was kommt mir vor die Linse?
Eine kleine Kichererbse gekocht?
Nein, meine Linse ist aus Glas.
Das sagt mir was.

Falk Kiwitt

Mein Name ist Kiwitt.
Den werd ich nicht mehr quitt.
Da sterb ich mit.
Igitt.

Porcina Wuzzi

Picknick auf dem Gras
Ein Essen ganz ohne Muss
köstlich durch die Wiese
Ich kann mit ihm spielen
jetzt, wo die Sonne und du
nah zusammen seid.
Einsam essend unterm hellblauen Himmelszelt,
Die Suppe löffelnd mit trällerndem Gesang,
um diesen hohen Genuss wissen die Tiere nicht,
nur die hübsche Maid kommt mit ihren Lampen.

Rollo Hinozerus

Was ich schenke, was ich tue
Alles, was du mit mir machst,
Maid, nach meinem Munde ruhe
wie's auf meinem Wege steht.
Maid, oh werde auf mein Singen,
wenn mein Wort zu Tage klingt,
Heut mich zu Verstande bringen
Der sein erstes Opfer fängt.
Unter scharfen Chilischoten,
Unter eines Koches Messer,
koch ich jetzt was sonst verboten
und ich weiß es immer besser.

Helene Ippopotamus

Früher, da ich viel gefahren
und vermessner war als heute,
hatten meine höchste Achtung
viele Leute
Später traf ich auf der Straße
außer mir noch mehr Fahrer
Und nun weiß ich, auf der Trasse
Wird es rarer.

Bella Wolske

Ich sende einen Gruß wie Duft der Hosen,
Ich send' ihn mit dem Postpaket.
Ich sende einen Gruß aus Unterhosen,
Ich send ihn an ein Ohr voll Hörgerät.
Aus Samteskissen, die mein Bett jetzt kosen,

Send ich den Brief, dich Rührei schnell verweht,
Wenn du mal singest in andren Moosen,
So wie der Hammel meiner Schwester geht.

König Lobihrdies (tot)

Du weißt wohl, was mich bannt in dir,
die Lebenslust in deiner Brust,
die starke unmessbare Gier,
der dummen so geheimen Lust,
Die aus dir wabert, ruft zu mir,
Schließ mich in eine Koje ein,
Ruft doch mein Zeh durch Herz und Bein:
Bleib, sterbe, liebe, bleib bei dir,
Leg' dir diesen Stein auf deine Brust,
Du schwitzt, du schwitzt.

Estefania Kaufmann[1]

Hier badete Minna sich heute
Die Unvorsichtige schlief tief
Da kamen die Schuster voll Freude
Und tauchten die Sohle ihm tief
Ins Schränkchen, da mischten sich Stellen
und Liebe; sie täuschen das Meer
Die Schuster, sie sangen mit hellem
Stimmelein die Liebe nur mehr.
Oh! Männer, die Liebe nicht kauen,
Die saufen die schäumende Flut.
Die Sohle wird sie erfreuen
Mit leichter berückender Glut.

---

[1] Später Stefanie Orch, Spezialistin für Kriminalstatistik

Ich hab dich hier niemals gebadet
Mit meinem Moped allein,
Und nach dem Essen so ladet
Der Metzger im Hause uns ein.

Ramon Eisenschmidt
Die Hose, sie kann sich verneigen,
denn die Hose mag schweigen.
Die Hose, du küsstest sie nicht,
denn die Hose ist schlecht.
Die Hose zur Wäsche gern kriecht,
denn die Hose hasst nicht.
Die Hose ist laut immerzu,
denn die Hose hasst Ruh'.
In leichten Reigen,
auf schlechter Kuh
willst du mir zeigen:
Die Hose geht zu.

Dwight Zimmerbauer (Ekki-Bär)
Zahlt der, den man mag ...
Zahlt der, den man sieht ... ?
Man denkt, dass es zieht
in vielerlei Kästen
die manchmal – was doof ist -
nicht selten verrosten ...
Doch mitten in allem
die Pfosten es gab,

dass mitten in allem
nur zahlt,
der auch gibt.

Prof. Lorene Kettl
In stiller Ruhe,
in dieser Schnelljacht,
ein seichtes Düftchen
kreist leicht durch den Schaum.
An keiner Seite
hast du gesessen,
Tropfen in mein Ohr
und siebzig Kerne,
ein schmutzig Ringlein,
stinkende Pfoten,
hast du mir versagt.
Hitze mit Sonne.
Wanderhure im Schnee.
Nutte und Segen
bringen mich nicht raus.
Denn er ist bei ihr.

Sabine Alamander, Coach
Tiefe Stille mag das Sofa,
Ohne Kissen stört das sehr,
Und verärgert sieht der Schuster
glatte Nähte ringsumher.
Keine ruft von einer Seite!

Todesrumpeln lichterloh!
In der abmessbaren Weite
Reget keine Couch sich, oh.

Katharina Wurm
Nach Wurm
kommt Sturm
In der Rechenmaschine
sitzt keine Miene

Johann Wolf aus Gota, toter Dichter
Hohe Ruhe herrscht im Himmel,
Mit Bewegung kreischt das Meer,
Unbekümmert sieht der Schuster
Irre Wände ringsumher.
Kein Geruch von einer Seite!
Mondesstille ärgerlich!
In der winzig kleinen Weite.
Reget keine Mettwurst sich.

Erwin Ule
Die sanften Sommerlaugen
schaun aus dem Meer hervor;
Das sind die bösen Krönchen,
die ich zum Schaum erkor.
Ich trete sie und denke,
Und die Verwirrtheit all,
Die mir im Magen seufzen,
Krächze laut die Nachtigall.

Ja, was ich esse, isst sie
lautschmatzend, dass es schallt;
dein grässliches Geheimnis
Weiß jetzt der halbe Wald.

Hannelore Ammel
Sie will Freiheit rauchen
wehe sie sieht den Weg
wie ein Tier weiß
dass er ums Lämmchen kreist
nach Goldblumen
duftet geräuchertes Fleisch
nach aus dem Eis Urmeln
ihr protziges Reich
gestehe ihr zu die Seele
deren Ziel eine kleine Klette ist
auf Lammrücken
doch sie setzt mich frei
auf ihre Schwarzteerlunge
Und sieht mich
Am Grunde.

Eine Chimäre kommt selten allein

Nach meinem ersten Treffen mit dem Chimärenmann
in gelber Hose und hellblauem Hemd habe ich zu
Hause geübt, wie ich eine solche Begegnung angenehmer gestalten könnte. Wobei dieses Treffen nicht unangenehm war, mitnichten, aber ich habe eine Chance
verpasst, mit einer Chimäre ins Gespräch zu kommen.

Nachdem ich mich im Rahmen dieses Büchleins intensiv mit ihrer Kultur, Wesensart und Vergangenheit beschäftigt habe, hatte ich mir vorgenommen, eine solche Chance nicht wieder an mir vorbeiziehen zu lassen. Immerhin war der Mann aufgeschlossen: Er verbarg weder seine tierischen Füße noch seinen Löwenschweif. Ich drückte mir selbst die Daumen, dass ich nochmals eine solche Chance bekommen würde. Ein zweites Mal wollte ich unbedingt aufgeschlossener reagieren. Ich hatte mir elf Möglichkeiten des Zusammentreffens notiert und entsprechende Gespräche vorbereitet.

In meiner Freizeit konzentrierte ich mich fortan auf Waldspaziergänge. Da Chimärenwohngebiete dem menschlichen Auge verborgen bleiben, hatte ich keine andere Wahl.

Vier Wäldchen erreiche ich von zu Hause aus in zumutbarer Zeit zu Fuß. Manchmal ging ich einen nach dem anderen in systematischer Reihenfolge ab, manchmal loste ich den Wald des Tages aus. Wie es das Los wollte, durchquerte ich vorletzte Woche viermal hintereinander den dritten kleinen Wald, in dessen Mitte sich eine offene runde Holzhütte befindet. Der Tag war heiß, der Schweiß rann mir vom Hals den Rücken hinab. Ich hatte nach anderthalb Stunden die Hütte erreicht und freute mich auf eine kleine Rast. Als ich um die Ecke bog, sah ich, dass jemand vor mir auf diese Idee gekommen war. Eine Frau, so Mitte dreißig, saß auf der Bank, vor sich auf dem Holztisch eine Flasche mit durchsichtiger Flüssigkeit gefüllt. Die Beine hatte sie weit von sich gestreckt. Ihre blaue Stoffhose saß an ihren Hüften etwas spack, überhaupt war sie eher rundlich. Ihr Lächeln war herzlich und offen.

„Oh, Sie sehen verschwitzt und erschöpft aus. Setzen Sie sich doch neben mich." Ich war dankbar und ließ mich auf die Bank neben sie fallen, den Rucksack hatte ich vorher abgelegt. „Haben Sie etwas zu trinken dabei?" Ich schüttelte den Kopf, mein Mund war so ausgedörrt, dass ich kein Wort herausbekam.

Die Frau nahm einen Becher aus ihrer Tasche, stellte ihn auf den Tisch und füllte ihn aus der Flasche. Ich leerte den Becher mit einem Riesenschluck. „Das ist ja erfrischend!" Sie nickte: „Zitronengras vier Stunden in Wasser eingeweicht, dann durch ein Sieb gegossen." – „Das muss ich unbedingt einmal nachmachen. Letzten Sommer habe ich öfter Switchel hergestellt, das ist auch sehr erfrischend."

Von Switchel hatte sie noch nichts gehört, wir tauschten Rezepte für kalorienarme Erfrischungsgetränke aus. Wir waren so angeregt in unser Gespräch vertieft, dass ich gar nicht bemerkte, dass ein Mann hinzugekommen war, der offensichtlich zu der Frau gehört. Sie strahlten sich verliebt an. Wie herzerfrischend, das zu beobachten. Er verneigte sich vor

mir: „Ich sehe, Sie leisten meiner Freundin Gesellschaft. Darf ich mich dazusetzen?" Wie formvoll-
endet! „Aber bitte, das ist doch selbstverständlich."
Der Mann war etwa im selben Alter wie die Frau, sein
Farbgeschmack wesentlich gewagter als der ihre.
Seine Hose war grasgrün, sein Sweatshirt pink. Beide
trugen bequeme Wanderschuhe.

„Wissen Sie, wir kennen uns noch gar nicht so
lange." Dabei legte er den Arm um die Schulter der
Frau und drückte sie an sich. Sie errötete in einem
Farbton, der wunderbar zu seinem Hemd passte. Er
fragte sie leise etwas, sie antwortete: „Die müssen
auch gleich kommen!" Sie griff erneut in ihre Tasche
und holte eine große runde Dose hervor. Sie nahm den
Deckel ab, und zum Vorschein kamen runde Kekse, in
deren Mitte jeweils eine Haselnuss gedrückt war.
„Greifen Sie zu!", ermunterte sie mich. Ich ließ mich
nicht lange bitten. Meine Güte, waren diese Plätzchen
lecker. – „Haben Sie die selbst gebacken?" – „Natürlich." – „Geben Sie mir vielleicht das Rezept?" –
„Gern doch." Und damit diktierte sie mir Zutaten und
Zubereitung in meine Notizfunktion auf dem Handy.
Während ich aufmerksam zuhörte, kam ein weiteres
Paar aus dem Wald auf die Hütte zu. Beide in Jeans
und Schnürstiefeln, offenbar die erwarteten Freunde.
Sie setzten sich zu uns, griffen sofort in die Keksdose
und gossen sich Zitronengraswasser in ihre Becher.

Wir kamen ins Gespräch über dies und das, bestimmt zog sich das über eine halbe Stunde so.

„Kommen Agneta und Fritz wie vereinbart nachher?" Die Frau, die ich zuerst getroffen hatte, nickte. Und so war es dann auch, ein weiteres äußerst sympathisches Paar ergänzte unsere Runde.

Selten hatte ich so viel Spaß mit Menschen, die ich gar nicht kenne. Ich bin, wie ich bereits erwähnte, eher zurückhaltend. In dieser Runde fiel mir das Erzählen leicht, mir war, als hätte ich die Gruppe immer schon gekannt und würde dazugehören. Als die Dämmerung hereinbrach, fiel mir ein, dass ich zu Hause erwartet wurde, ich hatte Besuch eingeladen. „Oh je, ich muss jetzt gehen, ich bekomme Besuch, den möchte ich nicht warten lassen." – „Ach, das ist schade! Wir wollen gleich noch grillen."

Mit diesen Worten zog der Mann mit der grünen Hose einen Beutel mit Gemüse aus seinem Rucksack. „Oh, weh, das ist wirklich schade!" Seine Freundin baute vor der Hütte einen kleinen Grill auf. Ich schüttelte allen die Hand, der Frau, die mich eingeladen hatte, als Letzter. Ich winkte ihnen zu und bedauerte, dass ich gerade heute Besuch bekam. Lange hatte ich mich nicht mehr so gut unterhalten, so herzliche Menschen getroffen, die ich auf Anhieb mochte.

„Vielleicht sehen wir uns einmal wieder?" – „Das wäre wunderbar, auch wenn wir nur selten hierher kommen."

Offenbar wollte sie keine Verabredung treffen. Nun gut. Ich zog meinen Rucksack an und machte mich auf den Heimweg. Die Stimmen wurden leiser, je mehr ich mich entfernte. Dennoch vernahm ich klar und deutlich, wie einer der Frau vor der Hütte zurief: „Porcina, ist der Knoblauchdip in der Kühltasche?".

Und ich musste gehen!

*** ENDE ***

Nachwort

Das Wort Logistik

Für mich hat das Wort auf Anhieb etwas mit Logik zu tun. Logisches Denken ist Logistik? Jeder weiß heute, was Logistik ist. Als das Wort so richtig hip wurde, wussten das auch viele andere Menschen nicht. Eine Spedition ist ein Logistikunternehmen, die Logistik in einem Unternehmen ist durchorganisiert. Ja, mag sein. Für mich ist und bleibt es ein nebulöses Kunstwort, bei dem ich mir immer klarmachen muss, was es bedeutet. Mein erster Ansprechpartner ist hier Wikipedia.

„Die Logistik ist sowohl eine interdisziplinäre Wissenschaft als auch ein Wirtschaftszweig oder eine Abteilung in Organisationen, die sich mit der Planung, Steuerung, Optimierung und Durchführung von Güter-, Informations- und Personenströmen befassen. Zu diesen Strömen zählt das Transportieren, Lagern, Umschlagen, Kommissionieren, Sortieren, Verpacken und Verteilen. [...] Zum Teil wird auch die Gesamtheit dieser planerischen oder durchführenden Prozesse als Logistik bezeichnet."

Zusammengefasst heißt das: Bei Logistik geht es um Transport und dessen Organisation. Das reicht mir für den Alltag. Warum habe ich das aber morgen vermutlich wieder nur als schwammigen Begriff im Kopf? Warum weigert sich mein Gehirn, die Logistik als normales Wort in die Windungen zu pfropfen wie Telekommunikation, Smartphone, Inklusion oder flache Hierarchien? Auch diese Begriffe boten sich mir auf Anhieb nicht als verständlich an.

Das Wort Inklusion

Für die Inklusion habe ich ein paar Anläufe gebraucht. Meine Kenntnis des englischen Wortes ‚inclusion' half mir nur bedingt. Das englische ‚Inclusion' bedeutet Einschluss, aber eben in jeder Beziehung. In Wikipedia wird es korrekterweise in all seinen Schattierungen erklärt, zum Beispiel als Einschluss in Metallen. Die sozialpädagogische Erklärung ist in Wikipedia dermaßen schwammig, dass ich mich frage, ob es politisch nicht korrekt ist, es so zu formulieren, dass ich es verstehe. Meine Definition wäre: „Inklusion in der Schule bedeutet, dass alle Schüler zusammen unterrichtet werden: begabte und unbegabte Kinder sowie Kinder mit Problemen, Schwierigkeiten und Behinderungen." Ich spare mir hier einen Exkurs über den Sinn oder Unsinn politisch korrekter Formulierungen. Ich finde im Übrigen, dass meine Erklärung niemanden beleidigt oder herabsetzt. Wikipedia sagt zur sozialpädagogischen Inklusion:

„Unter den Befürwortern einer inklusiven Beschulung gibt es eine radikale und eine gemäßigte Fraktion. Radikale Inklusionsbefürworter gelangen zu der

Forderung: ‚Alle Schülerinnen und Schüler besuchen die allgemeine Regelschule und werden von Lehrerinnen und Lehrern unterrichtet'. Ilka Benner begründet das mit den Worten: ‚In der Inklusion gilt es, ein Bildungssystem zu etablieren, welches inklusiv ist für alle Schüler_innen. Ein solches Bildungssystem stellt die gemeinsame Beschulung aller Kinder und Jugendlichen sicher und gewährt jedem Individuum die bestmögliche Förderung und Ausschöpfung seiner Potenziale'. [...]

Gegner der Inklusion argumentieren, dass Inklusion keine Methode, sondern eine Ideologie sei, die nicht das Wohlbefinden und eine erfolgreiche Lern-Entwicklung aller Schulkinder zum Ziel habe, sondern eine gesellschaftsverändernde Politik."

„Beschulung" ist ein Wort, dem ich gern den Titel „Unwort des Jahrzehnts" verleihen würde. Die Bestuhlung des Raums eignet sich für die Beschulung der Kinder? „Wenn ich seh' hier die Bestuhlung / weiß ich gleich, es gibt Beschulung" wäre dann meine gedichtete Variante.

Eine verständlichere, wenn auch schwammigere Version fand ich bei „Aktion Mensch"[1]:

Inklusion bedeutet, dass jeder Mensch ganz natürlich dazu gehört. Egal wie du aussiehst, welche Sprache du sprichst oder ob du eine Behinderung hast. Jeder kann mitmachen. Zum Beispiel: Kinder mit und ohne Behinderung

---

[1] https://www.aktion-mensch.de/dafuer-stehen-wir/was-ist-inklusion.html

lernen zusammen in der Schule. Wenn jeder Mensch überall dabei sein kann, am Arbeitsplatz, beim Wohnen oder in der Freizeit: Das ist Inklusion.

Chimären

Die Chimären nehmen erzähltechnisch gesehen in zwei Themen eine mögliche Rolle ein:

In der Mythologie. Dort tauchen sie als Figuren auf, die aus verschiedenen Geschöpfen bestehen, teils vom Menschen. Ein berühmtes Beispiel für die Zusammenführung mit einer menschlichen Hälfte ist die Sphinx. (Ich habe übrigens selbst gerade erst gelernt, dass die Mehrzahl von Sphinx nicht wie ich dachte Sphinxe, sondern Sphingen ist!). Ist der Oberkörper ein Tier und sind die Beine vom Menschen, spricht man auch von Dämonen. Die Chimaira, eingedeutscht Chimära oder Chimäre, ist ein Mischwesen der griechischen Mythologie. Der griechische Name bedeutet eigentlich ‚Ziege'. Der Begriff Chimäre wurde später verallgemeinert und auf andere Mischwesen ausgedehnt. (Wikipedia).

In der Medizin/Biologie: Ein Organismus, der eine Kombination verschiedenartiger Zellen ist, die von Wesen unterschiedlicher Art stammen können:

Chimäre nennt man in Medizin und Biologie einen Organismus, der aus genetisch unterschiedlichen Zellen bzw. Geweben aufgebaut ist und dennoch ein einheitliches Individuum darstellt. [...] Aus dem Studium von Pflanzenchimären konnte abgeleitet werden, dass sich diesen auch stark genetisch unterschiedliche Zellen[1] und Gewebe zu einem komplexen Organismus vereinen können. Ein Austausch von genetischer Information zwischen den genetisch verschiedenen Zellen der Chimäre findet nach gegenwärtiger Lehrmeinung nicht statt.[2]

Für die Fantasie und für Science-Fiction sind diese Überlegungen faszinierend und anregend.

Die beiden Punkte lassen sich jeweils mit einem Dach versehen: 1. Die Chimären aus dem Mythos eignen sich für Fabeln, Gleichnisse und Märchen, 2. Die Chimären aus Medizin bzw. Biologie passen zu unheimlichen Geschichten mit Science-Fiction- oder Horror-Charakter.

---

[1] So steht es falsch im Original.
[2] Wikipedia